O HOMEM AO LADO

A marca FSC® é a garantia de que a madeira utilizada na fabricação do papel deste livro provém de florestas que foram gerenciadas de maneira ambientalmente correta, socialmente justa e economicamente viável, além de outras fontes de origem controlada.

SÉRGIO PORTO

O homem ao lado

Crônicas

Curadoria e apresentação
Sérgio Augusto

Textos sobre o autor
Millôr Fernandes
Paulo Mendes Campos

Pesquisa e datação
Natália de Santanna Guerellus

COMPANHIA DAS LETRAS

Copyright © 2014 by herdeiras de Sérgio Porto
Proibida a venda em Portugal.

Grafia atualizada segundo o Acordo Ortográfico da Língua Portuguesa de 1990, que entrou em vigor no Brasil em 2009.

Capa
Mateus Valadares

Foto da capa
José Medeiros/ Acervo Instituto Moreira Salles

Foto do autor
© Douglas Ferreira da Silva/ O Cruzeiro/ EM/ D.A Press

Preparação
Leny Cordeiro

Revisão
Ana Maria Barbosa
Huendel Viana

Dados Internacionais de Catalogação na Publicação (CIP)
(Câmara Brasileira do Livro, SP, Brasil)

Porto, Sérgio
    O homem ao lado : crônicas / Sérgio Porto — 1ª ed. — São Paulo : Companhia das Letras, 2014.

    ISBN 978-85-359-2453-4

    1. Crônicas brasileiras I. Título.

14-07506   CDD-869.93

Índice para catálogo sistemático:
1. Crônicas : Literatura brasileira 869.93

[2014]
Todos os direitos desta edição reservados à
EDITORA SCHWARCZ S.A.
Rua Bandeira Paulista, 702, cj. 32
04532-002 — São Paulo — SP
Telefone: (11) 3707-3500
Fax: (11) 3707-3501
www.companhiadasletras.com.br
www.blogdacompanhia.com.br

Sumário

Apresentação — Sérgio Augusto, 9

O homem ao lado, 15
O Escafandrista da Aurora, 18
O Mausoléu, 22
História verídica de uma entrevista sincera, 26
Latricério, 29
Éramos democratas, 32
Benjamim de Oliveira, o palhaço, 36
Presença de Pedro Cavalinho, 39
O triste fim de Pedro Cavalinho, 41
Das aventuras de Pedro Cavalinho, 43
Refresco, 46
Estrada de Ferro-Leblon, 49
Relíquias da casa velha, 51
Bichos, 54
O ABC da história, 58
Memórias de um Carnaval, 61

Cuidado com o bolo, 64
Nesta data querida, 67
Um anjo, 70
Há muito tempo, 73
Caderninho de endereços, 76
Um retrato, 80
O pátio da igreja, 83
Frederico, 86
Mudança, 89
Fazenda, 92
"*Dile que puede entrar*", 95
Momentos, 98
Ano-Bom, 101
O gavião da Candelária, 104
"Deixa as águas rolar", 107
Um quadro, 110
As saudades de Teresa, 113
Caixinha de música, 116
Momento no bar, 120
A filha do senhor embaixador, 123
Saudade, 126
O grande mistério, 129
O bloqueio, 132
Alta patente, 135
A revolta de Almira, 138
O afogado, 141
História triste, 144
São-João, 147
Continho, 150
A janela de Marlene, 153
Dolores, 156
Canário-belga, 160

História de um nome, 163
Papelada, 166
"Todos os filhos de Deus têm asas", 169
O cupim, 172
O hóspede, 174
Um temperamento dramático, 177
Medidas, no espaço e no tempo, 180
Pedro, o homem da flor, 183
A rua, 186
Éramos mais unidos aos domingos, 189
A moça e a varanda, 192
Divisão, 195
A casa demolida, 197
Moça no banho, 200
Datas, 203
Incompatibilidade de gênios, 206
Apelo, 209
Seu Torquato, rei de Esparta, 212
Castigo, 216
Que os anos não trazem mais, 219
Uma mulher que passou, 222
O homem que se parecia com o presidente, 225
Uma carta, 228

Nota sobre a datação dos textos, 231

ARQUIVINHO

Nota à primeira edição de O *homem ao lado*, 235
Nota à primeira edição de A *casa demolida*, 236
As dores ladravam, e Sérgio Porto passava — Millôr Fernandes, 237
Meu amigo Sérgio Porto — Paulo Mendes Campos, 240

A comédia da vida como ela era

Sérgio Augusto

Ao ver uma mulher de seios avantajados amamentando o filho, Sérgio comentou com a mãe: "Aquela tem leite condensado". Com apenas cinco anos de idade, Sérgio Marcus Rangel Porto já era Stanislaw Ponte Preta e ninguém desconfiava ainda — porque só ele sabia. Mas durante um bom tempo, ele foi apenas Sérgio Porto, a persona séria (ou menos moleque) de Stanislaw, o Doctor Jekyll do Lalau e um dos pilares da geração (Rubem Braga, Millôr Fernandes, Fernando Sabino, Paulo Mendes Campos, Carlos Drummond de Andrade, Otto Lara Resende, Clarice Lispector, José Carlos Oliveira, Carlos Heitor Cony) que contribuiu para consolidar a crônica como a manifestação literária mais fecunda e popular do país.

Fernando Pessoa inventou três heterônimos, Millôr escondeu-se atrás de quatro ou cinco pseudônimos, Sérgio contentou-se com um alter ego apenas, o suficiente para torná-lo o mais lido e citado gozador da imprensa brasileira nos anos 1950 e 1960 do século passado. Quem era melhor? Só um autêntico cocoroca faria uma pergunta dessas.

Engraçado, como já vimos, Sérgio já era desde garoto. Gozador em casa e na escola, para quase todos os amigos e parentes, sem exclusão dos professores, inventava apelidos. O seu, aceito com resignação, era "Bolão"; bem menos pejorativo que o que lhe pespegaram, pelo mesmo motivo, na adolescência: "Zenóbia", alcunha que aqui se tornou mais ou menos corriqueira depois que uma homônima elefanta roubou todas as cenas de uma comédia do Gordo sem o Magro.

Para mostrar que tamanho pode ser documento, o mais gorducho dos três filhos de d. Dulce meteu-se em esportes: virou goleiro de peladas de areia, nadou, remou e, beneficiado pelo seu 1,85 metro de altura, jogou basquete e vôlei no Fluminense. Curtia mais a praia que os estudos, e outra preferência não se podia esperar de alguém nascido e criado em Copacabana quando o bairro ainda era uma província *sur mer*, pacato, familiar, pachorrento e prestes a transformar-se na mais invejada síntese do ócio tropical, do glamour e da modernidade deste lado do Atlântico.

Fiel a seu reino por toda a vida, Sérgio nasceu no mesmo ano (1923) em que inauguraram o hotel Copacabana Palace — epítome do *luxe, calme et voluptè* à brasileira — para receber o rei e a rainha da Bélgica, coincidência histórica de que vez por outra se vangloriava. Morou sempre na mesma rua (Leopoldo Miguez), primeiro numa casa, depois no prédio erguido em seu lugar, que só foi deixar ao morrer. Muitas de suas primeiras crônicas são elegíacas reminiscências da "casa demolida" e do bairro que o Copacabana Palace pôs no mapa do cosmopolitismo e que as habituais pragas da urbanização desregrada lograram destruir. Tamanho era o seu apreço pela "princesinha do mar" que quando Jânio Quadros o convidou para adido cultural na Iugoslávia, desconversou por escrito: "Muito obrigado, presidente, mas daqui não saio nem para Ipanema". De fato, a Ipanema ele só ia a passeio para beber no bar Zeppelin com os amigos que não saíam de lá nem para ir a Copacabana.

Ao contrário de quase todos os seus companheiros de geração, não estudou direito, mas do terceiro ano de arquitetura não passou. Seu futuro parecia garantido depois de aprovado no concurso para o Banco do Brasil; faltou consolidá-lo aprendendo direito o ofício de bancário. Com quinze anos de profissão ainda não sabia o que era uma letra de câmbio. Ao completar 22 anos de casa, jogou para o alto a régia e segura aposentadoria e procurou outro porto.

Ainda era bancário ao se iniciar no jornalismo, estimulado pelo tio Lúcio Rangel, que também o introduzira no jazz e no samba. O boêmio Lúcio, que além de respeitado crítico musical secretariava a revista *Sombra*, mensário dedicado às frivolidades noturnas da alta burguesia, propôs ao sobrinho uma coluna social diferente, com linguagem coloquial e despojada dos habituais salamaleques dispensados à grã-finagem. Desafio aceito e cumprido.

Àquela altura, Sérgio já rondava os trinta anos e em breve estaria assinando comentários críticos sobre discos, música, rádio e boates — além de crônicas sobre praia, saudade, Ano-Novo, porteiros e outras miudezas — no *Diário Carioca*. Foram três centenas de colunas ao longo de três anos (1950-3), em parte entremeadas por colaborações para o semanário alternativo *Comício*, publicação antigetulista comandada por Rubem Braga e Joel Silveira, em cujo quadro de colaboradores figuravam algumas das inteligências mais brilhantes da praça: Millôr Fernandes, Otto Lara Resende, Fernando Sabino, Clarice Lispector, Antônio Maria (em início de carreira) e Paulo Mendes Campos, que foi quem levou Sérgio pelo braço até lá.

Se o jovem e bonitão sobrinho de Lúcio Rangel queria escrever sobre jazz, o Velho Braga tinha em mente algo mais do agrado geral. "Seu negócio é crônica", ponderou. Sérgio nem discutiu e guardou o que tinha a dizer a respeito da melhor música dos negros americanos para um ensaio, *Pequena história do jazz*, editado em 1953 pelos *Cadernos de Cultura* do Ministério da Educação e Saúde, ou seja, quando ele já colaborava na *Tribuna da Imprensa*. *Comício* tivera vida curta: cinco meses e vinte números. No jornal de Carlos Lacerda, a mais estridente plataforma antigetulista da imprensa carioca, Sérgio permaneceria de abril de 1953 a setembro de 1955, escrevendo praticamente todos os dias. Produziu ao todo 602 crônicas, mas só a uma delas ("Alta patente") garantiu vaga em sua primeira coletânea de textos jornalísticos, *O homem ao lado*.

Stanislaw Ponte Preta despontou, ironicamente, num veículo pró-Getúlio, o diário *Última Hora* de Samuel Wainer, justo no ano em que Vargas deu um tiro no peito e entrou para a história. Como parte de uma reforma do jornal, Wainer reservou a última página para uma série de bem-humoradas "reportagens de bolso" sobre eventos, tipos pitorescos e personalidades da cidade, oferecendo-a a Sérgio, mas não houve jeito de tirá-la de seu fagueiro heterônimo.

Inspirado no personagem Serafim Ponte Grande de Oswald de Andrade — por sinal evocado numa crônica desta coletânea ("O Escafandrista da Aurora") —, Stanislaw, reza a lenda, foi uma sacada de Rubem Braga, para quem, aliás, Sérgio inventou o epíteto de "Sabiá da Crônica", que Rubem, por sinal, detestava. Outra versão atribui o batismo a Lúcio Rangel e ao pintor, cenógrafo e ilustrador Santa Rosa. Lúcio teria contribuído com o Stanislaw, Santa Rosa com o Ponte e o próprio Sérgio com o Preta.

A sorte estava lançada e ele nem precisou atravessar o Rubicão. Estrela maior da *Última Hora*, alternando com sua própria identidade em outros jornais (*Diário da Noite*, *O Jornal*) e em quase todas as revistas importantes da época (*Manchete*, *O Cru-*

zeiro, O Mundo Ilustrado, Fatos e Fotos), Sérgio Porto revelou-se um multimídia *avant la lettre*: fez rádio, cinema, televisão, teatro, show de boate e ainda compôs, na mais pura molecagem, um samba-enredo para debochar do gênero e de sua vocação para falsear fatos e feitos de nossa história, intitulado "Samba do crioulo doido", locução nacionalmente adotada como sinônimo de delírio e nonsense, ainda hoje usada até por quem nunca leu ou ouviu falar do autor.

Descontraído, irreverente, ocasionalmente lírico e sem cerimônia com a sintaxe ou com a gramática, Sérgio Porto era uma usina de expressões, gírias, neologismos, ditados e definições impagáveis — cocoroca, teatro rebolado etc. — que muitas vezes pareciam saídas da boca de um malandro. "O sol entrava em suas frases por todos os lados", resumiu à perfeição o venerando Barbosa Lima Sobrinho. A observação, a meu ver, vale para um e outro, tanto para Stanislaw quanto para Sérgio. A prova dos nove fica para depois, quando os demais volumes desta coleção começarem a sair. Neste, só temos a luminosidade de Sérgio.

O homem ao lado foi seu primeiro livro de crônicas. Lançado em 1958 pela Livraria José Olympio Editora, trazia na capa uma ilustração de Luís Jardim e um dispensável circunflexo no primeiro *o* de Porto. Reunia sessenta crônicas, escritas entre 1952 e 1956 (e não entre 1950 e 1956, como Sérgio informava, numa nota introdutória), selecionadas pelo autor entre as que mais lhe agradaram, algumas das quais seriam aproveitadas na segunda coletânea, *A casa demolida*, acrescidas de outras doze, do mesmo período, a maioria publicada na revista *Manchete*.

Com uma capa mondrianesca do arquiteto e humorista Marcos Vasconcellos, *A casa demolida* foi lançada pela Editora do Autor, em 1963, no rastro de três antologias assinadas por Stanislaw Ponte Preta, com histórias de Tia Zulmira, Rosamundo e Primo Altamirando. Num curto texto de apresentação, Sérgio Porto explicava:

> Este livro é, ao mesmo tempo, uma continuação, uma variação e uma nova edição de *O homem ao lado* [...] continuação porque nestas páginas o leitor encontrará várias crônicas que deixei de publicar na edição de *O homem ao lado*; uma variação porque as crônicas comuns aos dois livros foram — quase todas — revistas, reduzidas umas, ampliadas outras [...].

Repetindo uma falha cometida em *O homem ao lado*, não especificou em que veículos e datas as crônicas haviam sido originalmente publicadas. Esta, portanto, é a primeira edição de *O homem ao lado* (e, por tabela, de *A casa demolida*) com tais informações. As ausências de três crônicas de *O homem ao lado* ("A pelada", "O técnico", "O ídolo") têm uma explicação de cunho editorial: foram guardadas para um volume só de textos de Sérgio Porto sobre futebol, a ser publicado por esta editora.

O homem ao lado

O homem ao lado estava chorando!

Sentado, no ônibus, eu era o único passageiro que viajava consciente das suas lágrimas. Ninguém notara o homem que chorava. Iam todos distraídos, em demanda dos seus destinos, uns olhando a paisagem, outros absortos nos seus jornais; num banco adiante, dois senhores graves conversavam em voz baixa.

Ninguém sabia de nada, ninguém suspeitava, porque o seu choro não era o choro nervoso dos que soluçam, nem o choro lamuriento dos que choramingam. As lágrimas caíam devagar, descendo pelo sulco que outras lágrimas fizeram — brilhante — no seu rosto. De vez em quando, fechava os olhos, apertando as pálpebras. Depois, como que tentando reagir ao sofrimento, abria-os novamente, para revelar um olhar ausente, de quem tem o pensamento longe.

O carro seguia o seu caminho, célere, correndo macio sobre o asfalto da praia de Botafogo. O homem olhou o mar, a claridade feriu-lhe a vista. Desviou-a. Acendeu um cigarro e deixou-o esquecido no canto dos lábios, de raro em raro puxando uma tragada.

Ajudar o homem que chorava, perguntar-lhe por quê, distraí-lo. Pensei em puxar conversa e senti-me um intruso. Demonstrando saber que ele chorava, talvez o fizesse parar. Mas como agir, se ele parecia ignorar a todos, não ver ninguém?

Ajudar era difícil, distraí-lo também. Quanto a perguntar-lhe por que chorava, não me pareceu justo. Ou, pelo menos, não me pareceu honesto. Um homem como aquele, que mantinha tanta dignidade, mesmo chorando, devia ser um homem duro, cujas lágrimas são guardadas para o inevitável, para a saturação do sofrimento, como um derradeiro esforço para amenizar a amargura.

Lembrei-me da pergunta que uma pessoa curiosa fez há muito tempo. Queria saber se eu já havia chorado alguma vez. Respondi-lhe que sim, que todo mundo chora, e ela quis saber por quê. Tentando satisfazer a sua curiosidade, descobri que é mais fácil a gente explicar por que chora quando não está chorando.

— Um homem que não chora tem mil razões para chorar — respondi.

O amigo perdido para nunca mais; o que poderia ter sido e que não foi; saudades; mulher, quando merece e, às vezes, até sem merecer; há quem chore por solidariedade.

O homem ao meu lado acende outro cigarro, dá uma longa tragada e joga-o pela janela. Passa a mão no queixo, ajeita os cabelos. Já não chora mais, embora seu rosto másculo revele ainda um sentimento de dor.

Em frente à casa de flores, faz sinal para o ônibus parar. É também o lugar onde devo desembarcar e — mais por curiosidade do que por coincidência — seguimos os dois quase lado a lado. Na calçada, faz meia-volta, caminha uma quadra para trás, e entra na mesma casa de flores por onde passáramos há pouco.

Disfarçadamente entro também e finjo-me interessado num buquê de crisântemos que está na vitrina. Sem dar pela minha

presença, dirige-se ao florista e pede qualquer coisa que não consegui perceber o que era. O florista aponta-lhe um grande vaso cheio de rosas e ele, ao vê-las, quase sorri. Depois escreve umas palavras num cartão, entrega-o ao florista, quando este lhe pergunta se não estará lá para ver a coroa. O homem balança a cabeça devagar e, antes de sair, diz:
— Eu já chorei bastante...
E acrescenta:
— ... felizmente!

Manchete, 25/09/1954

O Escafandrista da Aurora

Poucos homens conheci, e provavelmente poucos homens terei oportunidade de conhecer, capazes de amar o belo com tanta simplicidade, de notar e sentir a poesia das coisas, de gozar os pequenos encantos da vida, tal como ele o fazia.

Desde já — explique-se — não era um poeta, que os poetas são os que têm a capacidade de transmitir por palavras a poesia que sentem. Ele apenas a sentia e o máximo que podia fazer pelo próximo era chamar-lhe a atenção para o momento poético. Lembro-me do dia em que, bêbados de sono e alguns uísques, caminhávamos lado a lado, respirando o sereno da madrugada. De repente parou, puxou-me pelo braço e, apontando o telhado em frente, exclamou:

— Que beleza!

E era. No telhado escuro, molhado de orvalho, caminhava imponente um galo branco. Ficamos quietos a olhar. O galo parou no beiral das telhas, cantou seu canto prolongado e pungente. Depois, como um suicida, atirou-se de peito estofado e asas abertas, desaparecendo atrás de um muro qualquer.

Nesse dia explicou por que era um "escafandrista da aurora". Mergulhava na madrugada porque beber é uma coisa boa e beber de noite é que é razoável. Acima de tudo, porém, gostava de caminhar pelas ruas desertas. Nada é mais lindo do que o amanhecer de uma cidade, a hora da alba, quando os lampiões começam a perder sua importância e já não iluminam mais as calçadas molhadas.

Morava no interior, o Escafandrista da Aurora. Vinha às vezes ao Rio, gastar algum dinheiro com mulheres, quaisquer mulheres, que, no seu pensar, todas mereciam. Então hospedava-se no sofá da sala.

Chegava querendo saber das novidades, indagando de tudo e de todos. Por mais que eu explicasse que andava tudo no mesmo, ele não me dava ouvidos, na sua ânsia de rever lugares, pessoas e coisas. E acabava por me contaminar, arrastando-me para as suas extensas noitadas.

Na volta, geralmente, vinha recitando. Foi assim que ouvi pela primeira vez um poema de Dante Milano. Embora visivelmente embriagado, recitava de voz firme:

O bêbedo que caminha
Que mantos arrastará?
Que santo parecerá?
Gaspar, Melchior, Baltasar?
Um miserável não é,
Logo se vê pelo gesto,
Pela estranheza do olhar.
O bêbedo que caminha,
Que rei bêbedo será?

Numa de suas visitas à capital, de surpresa, como sempre, encontrou-me a curar uma gripe das bravas. Por mais que me explicasse da necessidade de tratar da alma para enganar o corpo, não conseguiu arrastar-me para as suas andanças. Nessa noite foi só, e estrepou-se.

Uma de suas inúmeras manias era a dos pratos raros. Ao que consta andou comendo comidas de difícil digestão, sem perceber que a aprovação do paladar mereceria, mais tarde, sérias restrições por parte dos intestinos.

No dia seguinte eu amanheci firme na minha gripe, enquanto que ele cultivava uma tremenda dor de barriga. E, para não perder o moral, citava a frase de certo personagem: se não me falha a memória, o Serafim Ponte Grande, do escritor Oswald de Andrade. Cada vez que recomeçava a crise, dizia para si mesmo, torcendo-se em dores:

— Oh, quão diferente e grandiosa é a minha vida secreta!

O Escafandrista da Aurora faleceu no ano da graça de 1949, em pleno mês de maio, num desastre de avião. Durante muito tempo fiquei a recordar sua última visita e a pensar que sujeito extraordinário era ele; com que facilidade driblava as chateações desta vida.

Na derradeira vez que o meu sofá teve a honra de hospedá-lo, estava, segundo confessou-me, perdidamente apaixonado por certa dama, cujo nome era May e a qual era responsável por sua vinda ao Rio. Ouvi-o no telefone a combinar um programa. Ligou o aparelho e, quando sua amada atendeu, fez a graça:

— *May I?*

Podia. Tanto podia que combinaram um encontro. Ao sair, com um terno meu, ia cantarolando o "Esta noche me emborracho". Mesmo assim parecia preocupado com o seu romance.

Ao voltar, porém, de madrugada, brincava-lhe nos lábios um sorriso quase infantil.

— Como é — perguntei —, encontraste a tal May?
— Não. Deu-me o bolo, a ingrata.
— Então, onde te meteste até agora?

Tinha estado por aí, depois foi a um parque de diversões na Esplanada do Castelo. E, ante o meu franzir de testa, acrescentou:

— Andei duas horas na roda-gigante.

E tirando a escova de dentes da mala, saiu para o banheiro. Pude ouvi-lo lá dentro, debaixo do chuveiro, assoviava o "Ciranda, cirandinha".

Manchete, 28/11/1953

O Mausoléu

"*Hay momentos que no sé lo que me pasa*" — diz o tango; e ele repetia. Aliás era de opinião que tangos são as vidas de todos nós. Vivia a desenvolver esta teoria e, pensando bem, não deixava de ter certa razão.

O Escafandrista da Aurora era o seu grande amigo, embora diferissem os seus temperamentos. Enquanto este era lírico, de um lirismo exuberante, o outro — o dos tangos — era seco e introspectivo, incapaz de deixar-se trair pelos seus pensamentos, emoções ou entusiasmos. Mas agora, quando tento recordar fatos passados, não posso negar a grande afinidade que tinham aqueles dois excelentes sujeitos, meus amigos, falecido um e perdido o outro, que provavelmente nunca mais o verei, tão longe anda, a carregar seu pessimismo por esse mundo de Deus.

O Escafandrista, às vezes, saía do seu habitual entusiasmo pela vida para se queixar do amigo.

— É um louco que esqueceram de catalogar — dizia-me.
— No dia em que a justiça baixar sobre esta terra, há de ir para

um hospício. Mas não faz mal, hei de mandar-lhe uma camisa de força com monograma bordado.

O outro sorria. Coisa raríssima o seu sorriso, mas sorria. Bastava sentir que irritava o companheiro para que suas atitudes tomassem um leve tom esportivo. Depois — passados os primeiros instantes — voltava a ficar sorumbático, como um Buster Keaton sem contrato, conforme dissera-lhe eu, certa vez.

E como acontecia sempre, acabavam voltando às boas, esquecidos das passadas discussões. Então, invariavelmente, vinha a proposta do Escafandrista:

— Vamos sair e tomar qualquer coisa, Mausoléu.

Sim, porque tal era o seu estranho apelido — Mausoléu.

Era o único convite que jamais recusara. Falava-se em sair para beber e topava logo. Sem mover um músculo da face, levantava-se da poltrona e ia apertar o botão do elevador. Essas saídas limpavam a alma de ambos e voltavam mais amigos que nunca.

Mas também era só. Dificilmente a gente conseguia interessar o Mausoléu num outro programa. Lembro-me do dia em que o Escafandrista da Aurora entrou-me pelo apartamento, muito afoito, a esfregar as mãos de incontido entusiasmo. Foi logo explicando que conhecera as duas pequenas mais formidáveis desta "cidade maravilhosa, cheia de encantos mil, coração do meu Brasil". Uma delas seria sua por incontrolável força do destino, sobrando-me a outra — "de rara beleza exótica" — e que já me conhecia de vista.

Agradeci comovido e expliquei que, infelizmente, não poderia sair. Teria que ficar toda a noite acordado a escrever um trabalho urgente, que prometera entregar pela manhã na redação do jornal. E, para não desapontá-lo, lembrei-lhe o Mausoléu, recentemente refeito de um namoro e que estava ali mesmo, no quarto ao lado, sedento de amor, a ler Verlaine no original.

Fomos até lá e, enquanto ele marcava o livro e fechava para ouvir o que tínhamos a dizer, o Escafandrista foi contando tudo. Mausoléu limitou-se a perguntar se a dele era linda mesmo. Confirmado esse detalhe, quis saber como se chamava a beldade.

Era Sophia.

— Sophia com *ph*? — insistiu.

Pois lá sabíamos se era com *ph*? Que diferença fazia? Era muito provável que fosse com *ph* sim, ora essa.

— Pois então não vou.

E, ante a nossa surpresa, explicou:

— Sou pela fonética.

Foi essa Sofia (que semanas depois descobrimos ser com *f*) a mulher que quase transformou o Mausoléu num ser humano. Toda linda, toda morena, alegre e simples, sorria com dentes perfeitos, caminhava sem pressa e, como se tudo isso não bastasse, ainda costumava jogar pra cima da gente uns olhos maliciosos e oblíquos a que longas pestanas davam um ar de mistério oriental. Nessas pestanas tropeçou o Mausoléu e tão perdido estava que nem sentiu o tombo.

Mas faltava-lhe o dom extraordinário que fazia do Escafandrista da Aurora um apaixonado da vida, acima das suas paixões pela mulher. Se este fora capaz de, num momento de desenganos amorosos, passar toda uma noite a andar na roda-gigante de um parque de diversões, o outro, no dia em que percebeu que os olhos de Sofia olhavam outros homens também, voltou à sua teoria de que a vida é um tango.

Já então não existia o amigo para animá-lo, o Mausoléu chegava sozinho altas horas, murmurando coisas estranhas, recitando versos da sua louca poesia:

— Oh, jamais suspeitarão da sua ausência — dizia. — Jamais saberão que está aqui, presa à minha dor, dor tão grande e tão negra como esta noite, em que a tenho em meu abraço, mais suave e mais meiga que todas aquelas que minha saudade não esquece.

— Que é isso, rapaz? — perguntava eu para disfarçar, fingindo não entender.

— Não é nada não. É um tango que eu estou fazendo. Queres fazer a música?

E, diante das minhas escusas, por não saber nada de música, ele parava à minha frente e explicava com voz trágica:

— Este é o grande erro. O erro imperdoável. Toda a minha vida tem sido assim. Eu sei fazer a letra, mas não sei fazer a música.

Manchete, 02/01/1954

História verídica de uma entrevista sincera

Recuso com um gesto o pratinho de amendoins que o garçom me traz. Fico armado somente de uísque e soda (soda verdadeira e uísque talvez). Confortavelmente instalado, recosto-me na poltrona, respiro ar refrigerado Westinghouse e tenho peixinhos à minha disposição, fazendo caprichadas evoluções no aquário em frente.

Estou — é claro — num bar de Copacabana. Aguardo um amigo que, se for pontual, o que se dará pela primeira vez, chegará dentro de meia hora. Tenho, portanto, trinta minutos para tomar esta bebida, acender um cigarro, fumá-lo inteirinho, e ainda me sobrará tempo para observar os que, como eu, ouvem o pianista colaborar, com trechos de sua autoria, na execução de uma sofisticada melodia de Cole Porter.

Na mesa ao lado a moça (deve ter uns dezoito anos) também bebe e fuma, porém cuba-libre e Chesterfield. Também parece esperar e também observa.

Entra um conhecido, senta-se num tamborete do bar e de lá me saúda, gritando o meu nome. Respondo com um abanar de

mão e a moça me olha bonito, com um olhar inteiramente Paramount Pictures. Depois me diz:
— Eu já ouvi esse nome.
Como não sei o que responder, limito-me a perguntar o seu:
— Maria Madalena — informa ela.
— Eu já ouvi esse nome — digo também.
Mas ela não está brincando. Insiste em dizer que me conhece mesmo e promete dar o que chama de "minhas coordenadas".
Meia hora sozinho num bar não é bem o tipo de coisa que me agrade fazer, por isso o melhor é conversar com esta Marlene Dietrich em estado potencial, até que o amigo chegue. Informo-lhe que as "minhas coordenadas" já sei de cor e, seria mais interessante, que ela desse as suas.
O meu uísque ainda vai a meio copo e já sei que ela fez o curso clássico, sabe inglês, adora cinema, adora teatro, adora literatura, adora praia. Não é difícil adivinhar que esta moça nasceu para conjugar o verbo adorar.
Em matéria de cinema é fã de Alan Ladd "entre os artistas sérios", mas não desgosta de Bop Hope. Já viu *Fogo na jaca* cinco vezes; seu recorde, porém, continua sendo *Balança mas não cai* (oito). Seu pai diz que é besteira, mas ainda vai conseguir que ele lhe deixe fazer um curso de balé.
Quero saber qual é o seu bailarino preferido.
— Gene Kelly! — responde.
— E Serge Lifar?
— Quem???
— Nada não. Deixa pra lá!
Tira a ponta do cigarro da piteira e coloca outro. Fuma desbragadamente.
— Você fuma demais — digo-lhe.
— Não faz mal, é Chester...
— Ah, bom... se é Chester...

Decididamente ela tem o dom de convencer o próximo. E volta às "suas coordenadas". Pretende ir aos Estados Unidos (Paris está démodé), lê muito (revistas — explicou), dirige há muitos anos e nunca deu trombada.

Pergunto se tem automóvel. Ela dá um gole na cuba-libre, pede outra ao garçom e abana a cabeça. Não tem automóvel mas, em compensação, só namora "homem motorizado".

— Agora mesmo — esclarece — estou esperando o meu pequeno. Ele tem um *big* Jaguar. Com certeza está demorando porque a mulher não quer deixar ele sair.

Esta é uma jovem atual — Copacabana, 1954. Suas ideias, seus gestos e modos, sua maneira de ser, enfim, atestam um profundo desprezo pelas coisas singelas, pelas situações tranquilas. Ela mesma acaba de me confessar que brigou com o antigo namorado porque tivera a ousadia de dizer que ela (Maria Madalena) tinha um coração de matéria plástica.

Penso que daqui a alguns anos ela talvez volte para esse namorado e então, se continuar neste ritmo, não somente seu coração, mas toda ela será de matéria plástica. Penso isso mas não digo. Afinal ela, há pouco, contou que tem um pai e acha-o muito severo. Que ele a aguente, pois.

Eu não. O máximo que pude fazer por ela, naquela hora, foi pagar a sua bebida, ao sair. E agora, se é que adianta, faço esta crônica, longe de seus olhos, estranhos olhos, que apesar dos pesares, eram azuis e ingênuos.

Manchete, 03/10/1953

Latricério
(*Com o perdão da palavra*)

Tinha um linguajar difícil, o Latricério. Já de nome era ruinzinho, que Latricério não é lá nomenclatura muito desejada. E era aí que começavam os seus erros.

Foi porteiro lá do prédio durante muito tempo. Era prestativo e bom sujeito, mas sempre com o grave defeito de pensar que sabia e entendia de tudo. Aliás, acabou despedido por isso mesmo. Um dia enguiçou a descarga do vaso sanitário de um apartamento e ele achou que sabia endireitar. O síndico do prédio já ia chamar um bombeiro, quando Latricério apareceu dizendo que deixassem por sua conta. Dizem que o dono do banheiro protestou, na lembrança talvez de outros malfadados consertos feitos pelo serviçal porteiro. Mas o síndico acalmou-o com esta desculpa excelente:

— Deixe ele consertar, afinal são quase xarás e lá se entendem.

Dono da permissão, o nosso amigo — até hoje ninguém sabe explicar por quê — fez um rápido exame no aparelho em pane e desceu aos fundos do edifício, avisando antes que o defeito era "nos cano de orige".

Lá embaixo, começou a mexer na caixa do gás e, às tantas, quase provoca uma tremenda explosão. Passado o susto e a certeza de mais esse desserviço, a paciência do síndico atingiu o seu limite máximo e o porteiro foi despedido.

Latricério arrumou sua trouxa e partiu para nunca mais, deixando tristezas para duas pessoas: para a empregada do 801, que era sua namorada, e para mim, que via nele uma grande personagem.

Lembro-me que, mesmo tendo sido, por diversas vezes, vítima de suas habilidades, lamentei o ocorrido, dando todo o meu apoio ao Latricério e afirmando-lhe que fora precipitação do síndico. Na hora da despedida, passei-lhe às mãos uma estampa do American Bank Note no valor de cinquenta cruzeiros, oferecendo ainda, como prêmio de consolação, uma horrenda gravata, cheia de coqueiros dourados; virgem de uso, pois nela não tocara desde o meu aniversário, dia em que o Bill — o americano do 602 — a trouxera como lembrança da data.

Mas, como ficou dito acima, Latricério tinha um linguajar difícil, e é preciso explicar por quê. Falava tudo errado, misturando palavras, trocando-lhes o sentido e empregando os mais estranhos termos para definir as coisas mais elementares. Afora as expressões atribuídas a todos os "malfalantes", como "compromisso de cafiaspirina", "vento encarnado", "libras estrelinhas" etc., tinha erros só seus.

No dia em que estiveram lá no prédio, por exemplo, uns avaliadores da firma a quem o proprietário ia hipotecar o imóvel, o porteiro, depois de acompanhá-los na vistoria, veio contar a novidade:

— Magine, doutor! Eles viero avaloá as impoteca!

É claro que, no princípio, não foi fácil compreender as coisas que ele dizia, mas, com o tempo, acabei me acostumando. Por isso não estranhei quando os ladrões entraram no apartamento de d. Vera, então sob sua guarda, e ele veio me dizer, intrigado:

— Não comprendo como eles entrara. Pois as porta tava tudo "aritmeticamente" fechadas.

Tentar emendar-lhe os erros era em pura perda. O melhor era deixar como estava. Com sua maneira de falar, afinal, conseguira tornar-se uma das figuras mais populares do quarteirão e eu, longe de corrigir-lhe as besteiras, às vezes falava como ele até, para melhor me fazer entender.

Foi assim no dia em que, com a devida licença do proprietário, mandei derrubar uma parede e inaugurei uma nova janela, com jardineira por fora, onde pretendia plantar uns gerânios. Estava eu a admirar a obra, quando surgiu o Latricério para louvá-la.

— Ainda não está completa — disse eu — falta colocar umas persianas pelo lado de fora.

Ele deu logo o seu palpite:

— Não adianta, doutor. Aí bate muito sol e vai morrê tudo.

Percebi que jamais soubera o que vinha a ser persiana e tratei de explicar à sua moda:

— Não diga tolice, persiana é um negócio parecido com venezuela.

— Ah, bem, venezuela — repetiu.

E acrescentou:

— Pensei que fosse "arguma pranta".

Manchete, 31/10/1953

Éramos democratas

De Mário Cotoco lembro-me bem; com aquela cara de sabido que Deus lhe deu, forte e baixote, o que lhe garantira o apelido. Era de Uberlândia ou Uberaba. E se a cidade não está precisada é por falta de maiores detalhes. Como o Cotoco falasse raramente dele mesmo, ninguém sabia ao certo de onde viera. O que ficou devidamente esclarecida foi a sua condição de estudante, filho de fazendeiro rico, do estado de Minas Gerais.

Mário Cotoco veio para o Rio cursar medicina. Malandro que era ficou mesmo no curso de odontologia, mais fácil, porque dente não tem veia, nem músculo, nem sistema respiratório.

Alugou um quarto numa pensão da avenida Atlântica — que já houve tempo de pensão na avenida Atlântica — e, por ter uma entrada independente e também porque o hóspede não fazia questão de preço, gozava-se ali de toda a liberdade, inclusive para se receber visitas.

Daí a facilidade com que organizávamos reuniões e o pouco cuidado material que tínhamos para com o cômodo. Sujávamos tudo. Nunca houve o caso de alguém se lembrar de tomar qualquer recado ou número de telefone num pedaço de papel. Era na parede, que estava mais à mão e dava menos trabalho.

Um dia o quarto alugado pelo Cotoco ficou rabiscado demais; além disso, as moças que frequentavam as reuniões não eram discretas nem no caminhar. Houve, portanto, reclamação por parte de d. Lina — a proprietária —, excelente senhora, muito exigente com seus inquilinos nessa coisa de visitas, mas que dava constantes maus exemplos. É verdade que ela era a senhoria e tinha salvo-conduto, pelo menos no entender do Cotoco. Um dia ele explicou:

— D. Lina, afinal, não pode gozar a vida só com o montepio.

A ideia partiu de alguém e foi imediatamente aceita pelo Cotoco. Para que d. Lina não tivesse mais motivos para reclamar dos rabiscos, o quarto seria decorado com recortes de jornal. E assim foi feito. Tudo que era notícia importante passou a figurar naquelas paredes.

Havia a parede de polícia, com crimes, furtos, desastres etc.; a parede política, com comemorações, discursos e assuntos correlatos, além de um espaço reservado para as futuras eleições, caso o dr. Getúlio deixasse haver eleição; a terceira parede pertencia aos esportes e nela foram pregadas, em diferentes épocas, pernas de craques, braços de *goalkeepers*, poses de juízes, técnicos e paredros. Havia fotografias de gols espetaculares e flagrantes não menos notáveis de sururus em campo. O futebol daqueles dias era mais honesto e, por isso mesmo, jogadores e juízes estavam, de minuto a minuto, trocando bordoadas, para gáudio dos torcedores.

A quarta e última parede, justamente aquela que ficava por trás da cabeceira do Cotoco, foi, por ele, reservada para o mundanismo — chamava-se parede social e era linda. Festas de benemerência, com damas da alta sociedade; chás de caridade e recepções em embaixadas ornavam a cabeceira do inquilino.

Muitas vezes a conversa versou sobre aquelas mocinhas (não se usava ainda o galicismo "debutante") de ótimas famílias, de ilustre descendência. Sabíamos os nomes de quase todas e, às vezes, mais do que isso. Alguns frequentadores do quarto do Cotoco sabiam de tudo; alguns por experiência própria.

Na parede social era lícita, também, a colagem de coisas que servissem para alindar o conjunto. Dada essa útil concessão, uma Clara Bow de roupa de banho figurava ali, para nunca mais se apagar da minha memória, embora as beldades posteriores que o cinema lançou e os biquínis despiram.

Um dia Mário Cotoco, que sofria de muita saúde, quebrou um braço ao plantar uma bananeira num banco de praia. Aproveitou o repouso forçado para visitar a família. Estava em dia na pensão e partiu para Minas, deixando os seus tarecos confiados à guarda de d. Lina.

Nunca mais voltou. Desistiu de ser dentista, para felicidade de seus futuros clientes, e não deu mais notícias. Um ano passou e, lá uma tarde, fui procurado pela senhoria. Queria saber o que fazer com os pertences do Cotoco.

Dei um pulo lá no quarto, examinei tudo com atenção e aconselhei o caminhão da Limpeza Pública. Mas d. Lina, acima de tudo, era uma sentimental. Perguntou se não podia guardar alguns objetos como lembrança. Disse-lhe que sim, que podia, e ela me confessou:

— Sabe, eu gostava muito do sr. Cotoco. Ele tinha suas esquisitices mas era um bom rapaz. Essa ideia, por exemplo, de colar jornais na parede estragou-me com a pintura, é verdade, mas foi um belo gesto.

E apontando para a parede política perguntou:

— Por que foi que ali não colaram nada?

Olhei na direção que o seu dedo indicava e fiquei a lembrar, antes de explicar a razão:

— É porque éramos democratas, minha senhora. Todos os que aqui vínhamos éramos democratas. Aquele pedaço da parede estava reservado para as eleições que o dr. Getúlio prometera. Se ficou pelado assim, a culpa não é nossa, mas dele.

Nunca pude saber se d. Lina compreendeu que aquele espaço em branco era um protesto mudo e sincero.

Benjamim de Oliveira, o palhaço

Não é bem a história dele, que a história de todos os palhaços, bons ou maus, são parecidas. De repente, numa pequena cidade do interior (no caso de Benjamim foi Pará de Minas), um menino se deixa fascinar pelo esplendor dos circos, foge de casa e lá segue com os artistas, na esperança de um dia tornar-se o grande astro do espetáculo. Alguns não têm a mínima ideia de como brilharão, outros querem ser cantores, alguns sonham com o trapézio, mas quase todos terminam palhaços.

Somente num ponto Benjamim foi diferente dos outros: jamais quis ser outra coisa na vida senão o que foi durante setenta anos, e se isso não bastasse para defini-lo, eu diria que foi o maior palhaço que pisou os picadeiros desta terra. Na semana passada, quando morreu, afirmavam os jornais, abrindo manchetes: MORREU O MAIOR PALHAÇO DO BRASIL, os cronistas contavam os episódios culminantes de sua carreira e todos eram unânimes em afirmar que o Brasil perdia um grande *clown*.

A nova geração ficou sabendo quem foi Benjamim de Oliveira através do noticiário dos jornais, uma vez que, aquele que fez rir as gerações anteriores, há mais de dez anos rendera-se à velhice, passando a viver longe dos palcos. Que o espetáculo continuasse com os outros, pois muitos foram os artistas descobertos, lançados e incentivados por Benjamim de Oliveira.

Da minha parte, sabia-o grande há mais de vinte anos. Não me lembro quantas vezes me fez rir, nem quantas me obrigou a assoviar em sinal de protesto pela demora em surgir no picadeiro, mas creio que hei de me lembrar sempre de sua cara preta, que o alvaiade não conseguia disfarçar, alegre, a emoldurar uns olhos que reviravam no ritmo da canção.

Minha admiração por ele aumentou quando me contaram o episódio do palácio. Foi num tempo mais ameno, quando o presidente era Washington Luís. Houve uma festa grande, que maior se fazia às minhas suposições de criança. O presidente recepcionava altas personalidades estrangeiras e foi somente quando o baile começava que lembraram a ausência de um artista para apresentar números de nossa música. Alguém propôs chamar-se um cantor no circo armado num terreno baldio perto do palácio e, embora com restrições, a ideia foi apoiada e, quando apresentada ao presidente, este ordenou:

— Perguntem no circo quem é o palhaço. Se for o Benjamim de Oliveira, tragam-no. Ele saberá o que fazer.

Era. As palmas que recebeu provaram que foi o grande sucesso da festa.

Quando me contaram essa história eu tinha pouco mais de dez anos e daí em diante, nas duas ou três vezes em que voltei a ver o palhaço, senti que já não achava tanta graça em seus ditos e trejeitos. Na época não soube explicar o que sentia, mas agora, que ele está morto e que toda a imprensa louva o seu nome, recordo meus sentimentos de então e descubro que, mais do que admiração, eu tinha respeito por Benjamim de Oliveira.

O palhaço negro. Vi dezenas de palhaços brancos, em minha infância, mas o que ficou para sempre na memória foi o negro Benjamim. E tanto isso é verdade que nunca deixei de recordá-la quando, por acaso, leio uma história de palhaço, quando vejo armado o toldo de um circo.

Dizem que os palhaços são tristes fora do picadeiro. Pois são mesmo. Eu vi, no dia em que o homem dos balões coloridos foi atropelado na porta do Circo Dudu.

O espetáculo terminara, o povo se derramava pela rua, quando um automóvel atropelou e matou o homem dos balões coloridos, que correra de uma calçada para a outra no afã de vender a sua mercadoria.

Lembro-me das bolas coloridas espalhadas no asfalto sem nenhum menino com coragem para apanhá-las. Lembro-me do silêncio que se fez em torno do homem morto. Lembro-me do palhaço Benjamim parado no meio-fio olhando as bolas coloridas rolando, ainda com a roupa de palhaço, mas já de cara lavada; cara tão triste que eu jamais pude esquecer.

Manchete, 19/06/1954

Presença de Pedro Cavalinho

(Apontamentos sobre coisas e feitos de Pedro Cavalinho, colhidos há muito tempo, quando havia o projeto de escrever sua biografia; apontamentos inúteis, de resto, porque nem eu pretendo mais escrever o livro, nem ninguém se lembra mais de Pedro Cavalinho.)

Quando Pedro Cavalinho morreu, eu não estava no Rio. Soube depois, quando voltei. Disseram-me que o enterro foi grande e estavam presentes quase todos os antigos companheiros.

Pedro era Cavalinho há muito tempo e ganhara o apelido por parentesco. Seu irmão, que muito cedo foi morar em Recife, era Paulo Cavalão, e Pedro, por ser mais baixo e mais magro, ficou sendo o Cavalinho.

Não trabalhava, mas também não se queixava da falta de dinheiro nem dava facadas nos amigos. Vivia na praia, pela manhã e à tarde, e no café, pela noitinha, discutindo política, literatura e futebol. Se aparecesse alguém disposto a pagar o tempo, jogava sinuca. Às vezes, só Deus sabe como, arranjava um dinheirinho e ia ao cinema. Gostava muito de cinema o Pedro Cavalinho e, entre uma espinafração no Estado Novo e um elogio ao Batatais, costumava falar de Marlene e Greta Garbo, explicando as coisas que faria ou as palavras que diria, caso uma delas estivesse presente.

De Paulo Cavalão recordava-se com saudades. Não raro mentia, dizendo que tinha recebido notícias dele e que ia muito bem de vida. A irmã, porém, fingia ignorar, desde que ela trocou o nome de Dorinha por um outro, sofisticado e em francês, capaz de garantir-lhe um lugar no corpo de coristas num teatro de revistas. Pobre Dorinha, de lindas pernas, que um dia deixou o balcão da loja em que trabalhava e saiu por aí.

Lembro-me da surra que Pedro Cavalinho deu no seu Armando, do Café Estrela. Estava sentado numa mesa do fundo, falando mal dos políticos, quando o mendigo entrou pedindo um copo de água. Seu Armando berrou para que saísse e, como o outro insistisse, empurrou-o aos safanões pela porta afora. Cavalinho não conversou: saiu dando pontapés e bofetadas, numa fúria de pasmar. Foi um custo segurá-lo e quando consegui me agarrar com ele, tinha sido premiado com um rasgão na camisa e um calombo na canela. Calombo, aliás, que Cavalinho nunca se perdoou, apesar das muitas desculpas que me pediu. Quanto à camisa, prometeu dar-me outra, no dia em que fosse nomeado fiscal do consumo.

Não foi. Jamais foi nomeado para coisa nenhuma. Foi — isso sim — convocado para a guerra. Partiu no primeiro contingente que rumou para a Itália. Fez toda a campanha, lutou com bravura e foi elogiado na ordem do dia. De volta ao Brasil, reagiu à vontade de trabalhar e recomeçou a vida de sempre. Somente aquele sorriso de outros tempos — antes invariavelmente a brincar-lhe nos lábios — sumiu para nunca mais.

Certa vez — muito depois do armistício — perguntei-lhe que tal tinha sido a guerra. E ele respondeu, olhando os longes:

— Por enquanto estamos ganhando!

Manchete, 04/09/1954

O triste fim de Pedro Cavalinho

(*Num outro caderno, junto a letras de sambas, anotações de coisas que era preciso não esquecer, contas etc., descubro mais alguns apontamentos inúteis sobre Pedro Cavalinho.*)

Lembro-me da namorada que ele arranjou. Cavalinho achava — conforme expôs no café, na hora da média — que todo homem que se preza deve ter uma mulher na sua vida. Por isso, passeava, depois do jantar, com aquela moça magrinha e sem graça, de braço dado, pela praia. Um dia brigaram para sempre:
— Por que, Cavalinho?
Ele então contava que a moça o decepcionara. Segundo o seu entender, ela não prestava; estava apaixonada por ele e queria casar. Cavalinho ficou muito comovido com essas pretensões e resolveu terminar tudo. Antes, porém, ofereceu-lhe um lindo colar, que trocara pela cautela do seu relógio-pulseira — último presente do pai.
Desse caso amoroso de Pedro Cavalinho hoje resta somente um soneto, escrito ainda sob a paixão daquela renúncia. Foram os últimos versos escritos por ele, se não me falha a memória. Não guardei as palavras porque Cavalinho jamais confiou a ninguém os seus escritos. Lembro-me, entretanto, do título: "Sorte macaca".

Mas o grande caso amoroso, na curta vida de Pedro Cavalinho, foi mesmo Regininha. Com essa ele viveu os seus três últimos anos, época em que amou pela última vez e trabalhou pela primeira. Arranjou um bico na prefeitura e dividia o magro salário entre o aluguel do sobrado onde viviam e as vaidades de Regininha. Para ele não sobrava quase nada, mas isso não tinha a mínima importância, que Cavalinho só precisava de algum para a condução.

Depois, durante seis meses, Regininha pagou com sua férrea dedicação os carinhos de Pedro. Sentada à beira da cama, dava-lhe a comida e os remédios, lia-lhe o jornal e esperava que ele ficasse bom.

Num fim de verão, justamente na hora em que Pedro Cavalinho costumava aparecer no café, Regininha percebeu que não adiantava esperar mais.

Das aventuras de Pedro Cavalinho

(*No mesmo caderno onde encontrei as anotações anteriores sobre Pedro Cavalinho, descubro mais alguns dados sobre o lírico amigo que a morte levou. Não esperava encontrar tantos apontamentos assim. Há até um samba de Cavalinho, mas isso fica pra mais tarde. O episódio de hoje é épico, no meu entender, mas Pedro Cavalinho, respeitando o apelido, na época em que ele se deu, chamou-o de episódio hípico.*)

Todo homem deve lutar pela mulher amada — isto é ponto pacífico —, e Pedro Cavalinho — tenho certeza — jamais se deixaria pegar numa discussão sobre o assunto. Era, no entanto, um homem de formação lírica e temo dizê-lo porque posso não ser compreendido. Cavalinho achava que um homem morre em luta por seu amor, mas não se deve preocupar sequer em defesa daquela que trai.

Deu-se que era uma moça muito bonita, de longos cabelos louros, uma voz quente, dessas de fazer homem parar de conversar e ficar pensando... pensando... e tinha os lábios grossos e pedintes de beijos. Não era nem vulgar nem sofisticada, mas amante de Pedro Cavalinho.

Ele nunca lhe exigira fidelidade. Isto a gente exige da vitrola, mas nunca da mulher. E no seu modo de entender o sentimento de fidelidade nasce ou não com a pessoa. Sua longa experiência amorosa (não que fosse um conquistador nos moldes playboy mas era um predestinado às graças femininas, com conquistas para as quais jamais traçou planos ou desembarcou comandos), seu longo convívio com o amor — do mais puro ao mais sexualmente exaltado — deram-lhe a certeza de que a fidelidade feminina é inata, independendo de tudo e de todos, como eram — por exemplo — os narizes das mulheres de antigamente. E se digo antigamente é porque no tempo de Pedro Cavalinho (faz tão pouco tempo!) não havia ainda operação plástica.

Sua amante tinha dele tudo aquilo que um homem de seu ambiente pode dar a uma mulher: respeito, carinho e essa assistência que uns chamam moral, mas que eu chamaria substancial. Não bastou. Um dia a amante de Pedro Cavalinho arranjou outro e tentou explicar a ele que ainda o amava, mas fizera aquilo por despeito, por complexo de inferioridade, enfim, essas mil coisas que as mulheres dizem sempre ao tentar regressar.

Cavalinho manteve-se impávido. Sentiu como sentem tais dores os imensamente líricos. Tratou-a com a polidez que podia (e muito podia a sua boa educação mental), mas nunca mais foi dela como antes era. Ao que a levara continuou a cumprimentar jovial, pois nada se deviam.

Mas, nem todos são Pedro Cavalinho na vida. O outro, mais forte, mais saudável, mais colosso no esporte, achou que Pedro Cavalinho tinha medo dele. Não percebeu que Pedro carregava em seu caráter a teoria certa: lute por um amor perdido, mas nunca por um amor traído.

E fez ver ao rival sua impressão de que Cavalinho era um covarde. Homem bom, Cavalinho teria separado as suas próprias brigas. E foi o que fez. Explicou ao outro que não tinha sentido brigar por causa de quem não merecia.

A burrice é intransponível e isto só serviu para cimentar na ideia do outro a impressão de covardia. Para fazer cartaz, deu uma bofetada em Cavalinho. Ah, rapaz! Foi um murro só e tão bem dado que — se não me falha a memória — o esmurrado até hoje vai uma vez por semana ao dentista.

E aqui está a marca de Pedro Cavalinho. Quando soube que o soco fora tão violento que abalara toda a arcada dentária do desafeto, escreveu-lhe uma carta terna pedindo desculpas e propondo — como remissão — pagar o IAPC do outro pro resto da vida.

Diário Carioca, 10/03/1953

Refresco

No exato momento em que eu entrava no botequim para comprar cigarros, ouvi a voz do homem perguntar por trás de mim:
— Tem refresco de cajá?
O outro, por trás do balcão, olhou espantado:
— De caju?
— Não senhor, de cajá mesmo.
Não tinha. Não tinha e ainda ficou danado. Ora essa, por que razão havia de ter refresco de cajá? Ainda se fosse de caju, vá lá. É verdade que refresco de caju também não havia, mas, de qualquer modo, era mais viável ter de caju do que de cajá, fruta difícil, que só de raro em raro se encontra e, assim mesmo, por um preço exorbitante.
E ainda irritado, disse:
— Por que não pergunta na Colombo? Aposto que lá também não vendem refresco de cajá. E o senhor sabe disso, o senhor está pedindo aqui para desmoralizar o estabelecimento.
Não era de briga e nem estava querendo desmoralizar ninguém. De repente — ao entrar ali para tomar café — sentira cheiro

de cajá e, como na sua terra havia muito daquela fruta, ficara com vontade de tomar um refresco.

O que servia caiu em si, esqueceu o seu complexo de trabalhar no café fuleiro e não na Colombo. Depois desculpou-se com um sorriso de poucos dentes e perguntou se não queria uma laranjada. Uma laranjada sempre se pode arranjar.

O outro recusou com um abano de cabeça e saiu encabulado, talvez por ter revelado em público um tão puro sentimento íntimo — a saudade de sua terra.

Paguei os cigarros e saí atrás dele. Também eu, depois que assistira à cena, senti cheiro de cajá.

Há dez anos — pensei — eu poderia satisfazer a sua vontade. Era só andar aquele quarteirão, entrar à esquerda e procurar o número 53. Era a nossa casa. Ali nasci eu, nasceram meus irmãos e nasciam cajás todos os anos.

Fui caminhando e, por um momento, admiti que, se naquele tempo houvesse liquidificadores, o refresco seria mais gostoso. Depois sorri desse pensamento inconsequente e senti a injustiça que fazia. Afinal, as mãos sábias de Ana faziam refrescos saborosíssimos.

Instintivamente dobrei à esquerda, atravessei a rua e olhei para o enorme edifício do 53. Por causa daquele monstrengo arquitetônico fora-se a linda árvore, a sua sombra, a casa, a varanda, a sombra da varanda. Nunca mais papai dirá orgulhoso, referindo-se ao quintal:

— Vai quase até a rua Copacabana!

O "quase" era a casa de Wilminha, tão bonita, que tomava banho de janela aberta. Pobre Wilminha que a mãe não deixava usar batom. Não fosse a morte da velha e mais a do noivo aviador e ela não estaria se pintando tanto, como faz agora.

A casa de Wilminha também virou edifício, como a nossa. É verdade que, no 53, não morrera ninguém, graças a Deus. Mas havia uma hipoteca para pagar e urgia liquidá-la, senão perderíamos tudo, inclusive o apartamento do quinto andar, onde mora o americano, e que é tudo que nos sobrou da incorporação.

Recordo os vizinhos de então. Foram-se todos, escondidos pelas sombras dos prédios grandes. A rua, de sua, conserva somente o nome. Perdeu aquele encanto que todas as ruas de bairro devem ter. Sua história, o dia em que a asfaltaram, ou o outro, quando plantaram as árvores.

A saudade foi crescendo. De repente aquela vontade de tomar um refresco de cajá. Virei-me rápido, procurando com os olhos o homem que há pouco eu vira no café.

Ia lá longe, triste, de cabeça baixa.

Manchete, 26/06/1954

Estrada de Ferro-Leblon

Este é o meu itinerário de muitos anos. Já o fiz de ônibus, nos bons tempos em que só valia viajar sentado. Depois veio a ordem para os oito em pé, e lá viemos nós — os do ônibus — a compartilhar com um número maior de almas irmãs os solavancos sortidos que a prefeitura proporciona aos moradores desta cidade, através de seus bem cuidados buracos. Mas, lá um dia, um sábio qualquer, das chamadas classes dirigentes, fez cair a portaria dos oito em pé. O oito caiu, ficou deitado, e como um oito deitado é o símbolo do infinito, nasceu a suposição de que, nos ônibus, há sempre lugar para mais um.

Ainda aguentei um pouco, por questões financeiras. Por fim, não resisti mais e passei a ser freguês de lotação. Todos os dias úteis são por mim aproveitados para duas viagens, pelo menos: uma de ida e outra de volta.

Esta é a minha aventura e vivo-a intensamente às sete da manhã, quando saio de casa, e volto a vivê-la novamente na hora do "pega pra capar", que os ingleses, simplificando, chamam de hora do rush.

Se é verdade o que dizem os psicólogos, que em cada um de nós há um pouco do espírito de aventura, aconselho aos que, como eu, não podem caçar leões na África, disputar regatas nas Bermudas, galgar os Andes ou saçaricar em Punta del Este, o recurso do lotação. É lindo. Desde o momento em que a gente entra até a hora de pagar os cinco cruzeiros pela viagem, é tudo uma aflita expectativa, com suspenses que fariam inveja ao próprio Hitchcock; fininhos que dariam arrepios no mais audacioso dos toureiros, e outros pormenores que ajudam a aumentar a desconfiança de que nunca há de se chegar ao destino, coisa que às vezes acontece, apesar dos pesares.

Do túnel do Pasmado para o centro é que a coisa fica mais excitante. Estou mesmo propenso a acreditar que o nome de Pasmado é uma homenagem da municipalidade ao passageiro de lotação, tais são as peripécias que se desenrolam daí por diante.

Não sei se há clímax também nas viagens da zona norte: sou uma vítima do Estrada de Ferro-Leblon, e minhas experiências e aventuras de sujeito que não tem carro e precisa ir para o centro se restringem a esse itinerário, daí não poder dar pormenores sobre os heróis do Brás de Pina-Mauá, por exemplo, que vêm do outro lado da cidade, saltando sobre outros buracos, entregues às perícias de outros "motorloucos".

Entre as viagens de ida e de volta, prefiro a ida, não só porque já tive uma namorada com esse nome, como também há muito mais carros para abalroar, o que — é claro — facilita muito a missão dos volantes, dando-lhes maior número de oportunidades para os seus almejados acidentes.

E assim vou e venho eu, vivendo a minha aventura em série, só respirando sossegado depois do Mourisco, que é o lugar onde o meu anjo da guarda desembarcou pela manhã e onde torna a embarcar pela tarde, acompanhando-me para casa.

Manchete, 13/03/1954

Relíquias da casa velha

Vou subindo a ladeira calçada de pedras irregulares e escorregadias, ladeada de casas velhas, de paredes desbotadas. Tudo é silêncio e, não fosse aquela mulher, também velha e desbotada, que me espia triste do alto de uma janela, diria que ninguém mora mais aqui, que todos se foram, que muitos morreram e que os outros se mudaram.

Quando chego à última curva, a respiração se faz difícil pelo esforço da subida, mas sinto-me recompensado ao avistar o grande portão aberto em arco. Reconheço-o facilmente, embora suas grades estejam enferrujadas e não brancas, como antigamente.

Até há pouco chovia. Agora um sol alegre ilumina a copa das árvores, vence a folhagem e espeta seus raios na relva. Mesmo assim, quando entro, sinto a terra úmida debaixo dos meus sapatos.

Há quantos anos entrei por esta mesma alameda? Vinte, vinte e cinco? Talvez. Lembro-me que ficara impressionado com a majestade do jardim. Seria ele mais belo então? Mais tratado era, por certo. Agora, abandonado, tudo aquilo que perdeu em simetria, em colorido, ganhou em placidez, em santidade.

Sim, penso que estou a entrar numa catedral vazia, enquanto caminho devagar, olhando em torno.

Antes havia marrecos neste laguinho; agora, folhas mortas boiam sem pressa de chegar à outra margem. Aliás, não eram somente marrecos. Lembro-me de dois cisnes a me olharem espantados, sem compreenderem que aquele menino também os via pela primeira vez.

"Um dia um cisne morrerá, por certo" — quando li o soneto de Salusse, numa antologia de parnasianos, lembrei-me imediatamente do casal de cisnes que vivia neste lago.

Se o cisne vivo nunca mais nadou, não sei. Sei que os bichos se foram todos. Apenas os pássaros continuam a usufruir deste jardim. Ouço o chilrear de centenas deles sobre a minha cabeça e, sem me importar com isso, vou subindo na direção da casa.

Foi o vento na minha nuca ou foi de pura saudade que me veio este tremor? Lá está a varanda grande, cingida de trepadeiras. Minha mãe me segurava pela mão e falava, mas o alvoroço das moças era mais alto que a sua voz. Uma delas (quem seria?) apaixonou-se por meus cabelos louros e, naquela tarde em que aqui estive, penteou-me tantas vezes!

Quando minha mãe abaixou-se para me beijar e partir, quase chorei na frente das moças. Depois esqueci. Elas brincaram comigo, me deram lanche, me deixaram correr no gramado.

Olho a casa e penso que a gente que mora lá embaixo, na ladeira, deve andar a inventar coisas, a dizer que ela é mal-assombrada. Triste, coitada. Triste é o que ela é.

Sei que ninguém mais vem cá e esta roseira deve saber também mas, sem qualquer vaidade, continua a expor as suas rosas. Quanto àquele canteiro, que as rolinhas estão ciscando, era de crisântemos, mas não se usa mais essa flor.

O casarão está em ruínas. Nada mais dá ideia de abandono do que esta janela de vidros quebrados ou aquela fonte sem repuxo. Já não há os crisântemos de outrora, a fonte, as moças na varanda, seu riso.

Tudo é silêncio, tudo é quietude. Somente os pássaros. Os pássaros e as lembranças.

Pela tarde, à hora do crepúsculo (hoje todos os crepúsculos terminam aqui), minha mãe veio me buscar. Quase a vejo caminhando, a sorrir para mim. Tão moça e tão linda (conta-se que, no seu tempo, foi a mais bonita aluna do Colégio Sion), ela me acenava com um embrulho na mão: o presente que prometera, caso me comportasse bem.

A alegria que senti ao revê-la! Lembro-me que corri em sua direção e tão afoito, que caí de peito na relva, como num mergulho. O pão com geleia que uma das moças me dera caiu também e lá ficou esquecido.

Não chorei. Contive as lágrimas como contenho agora, enquanto vou descendo pelo mesmo caminho. Vou devagar, porém. Já não há nem a pressa, nem a alegria de então.

Manchete, 06/03/1954

Bichos

Há tempos um amigo me perguntou se eu jogava no bicho. Respondi que não e ele, admirado, insistiu:
— Mas nunca fizeste uma listinha?

E como a resposta continuasse a ser negativa, aconselhou-me a fazê-la o quanto antes. O jogo do bicho — dizia-me ele — é uma instituição das mais honestas e, como tal, merece ser prestigiada.

O jogo, salvo um ou outro bilhete de loteria comprado de parceria, não me atrai e, portanto, resolvi seguir o conselho pela metade: fiz a lista e, em vez de jogar, publico-a aqui. Se, porventura, eu acertei, quem ganha é o leitor.

ÁGUIA — Rui Barbosa foi comparado a ela, o que a deve ter deixado muito orgulhosa porque Rui Barbosa, como todos nós sabemos, foi um águia.

AVESTRUZ — Caiu de moda, como as plumas. No entanto, graças ao seu poderoso estômago, continua com muito cartaz. Come de tudo, como nós, em certos restaurantes.

ABUTRE — Muito imitado pelos homens.

BUCÉFALO — Usa-se para xingar. Quando a gente quer chamar alguém de cavalo, chama logo de bucéfalo, que é uma palavra mais feia e xinga melhor.

BURRO — Inteligentíssimo. É o mais caluniado dos animais. Só a maldade humana poderia insinuar que o burro é burro.

BORBOLETA — Inquieta, esvoaçante, alígera. Muitas damas de sociedade têm sido comparadas às borboletas, o que não deixa de ser uma injustiça para com as bichinhas.

CABRITO — O bom cabrito não berra, costuma dizer-se. Acrescente-se que o mau cabrito também, porque cabrito não berra, bale. Uma coisa, no entanto, é certa, todo cabrito dá em bode.

CACHORRO — O maior amigo do homem. O cachorro merece um tratado falando só dele.

CÃO — Vide cachorro.

CAMELO — Chamado também "o navio do deserto". É um exemplo de economia. Pela vontade da Cofap nós todos seríamos camelos.

CARACOL — Proprietário de nascença, jamais precisou de nenhuma autarquia para arranjar casa, o que, sem dúvida, lhe dá uma certa superioridade sobre nós, míseros contribuintes de institutos.

CARANGUEJO — Anda pra trás, como o Brasil.

CAVALO — Bicho bonito. Forte, elegante, inteligente. Tem auxiliado muita gente a resolver o problema do transporte e é tão serviçal na guerra como na paz. Mas vá chamar alguém de cavalo, para ver o que acontece.

CEGONHA — Costuma pagar pelos crimes que não cometeu. Muita gente faz besteiras por aí e depois diz que foi a cegonha.

CIGARRA — Excelente caráter tem, apesar disso, péssima reputação. Culpa exclusiva de La Fontaine, que não soube interpretar direito o seu espírito boêmio.

colibri — É o helicóptero de Deus.

coruja — Uma vez ouvi certa grã-fina dizer: "O bicho de que eu mais gosto é coruja". Fiquei encantado, mas depois descobri que ela dizia isso somente para impressionar-me. Ninguém gosta de coruja e é por isso talvez que ela vive só e escondida. Quando uma pessoa anda sumida, os outros dizem: "Fulano está encorujado".

dragão — Bicho inventado e temidíssimo em outros tempos. Foi desmoralizado por são Jorge. Hoje vende panelas, panelinhas, panelões.

dromedário — Vide camelo, tirando-se uma corcova.

elefante — É o maior.

foca — Dizem que, no Brasil, não tem disso, a não ser na imprensa.

formiga — Houve época em que se dizia que ou o Brasil acabava com a formiga ou a formiga acabava com o Brasil. O inventor do dito foi um pouco precipitado. Hoje em dia está provado que nem a formiga pretende acabar com o Brasil nem o Brasil está interessado em acabar com coisa nenhuma.

girafa — Não existe.

hipopótamo — Cavalo feito por Deus para agradar aos modernistas.

jacaré — Célebre pela feiura. O seu sorriso lembra o de certos políticos nacionais.

leão — O homem, animal sabido, é quem governa, mas deu ao leão o título de rei dos animais. O que não tem a menor importância. Na Europa, principalmente, é muito comum o rei ser governado.

macaco — O homem diz que descende do macaco. Mas o macaco — lá na língua dele — deve dizer justamente o contrário.

morcego — Dorme o dia inteiro é só sai à noite. Chupa sangue e tem sido muito imitado pela humanidade.

MOSQUITO — Foi inventado por um auxiliar do diabo. Dizem que Satanás o promoveu à letra "O" como prêmio pela brilhante ideia.

ORNITORRINCO — Aberração na natureza, que ela mesma inventou para chatear os naturalistas.

ONÇA — Tem vasto círculo de relações.

PAPAGAIO — Divide com Bocage as honras de maior personagem de anedotas da língua portuguesa.

PERU — Primo pobre do pavão. Muito mais modesto, nunca vai às festas: morre na véspera.

RAPOSA — Conhecida pela sua lábia. Gosta muito de galinha, o que não chega a ser uma característica marcante e única. Tem sido, através dos tempos, vítima da tradição inglesa. Os lordes cismaram que matar raposa é esporte.

SARDINHA — As sardinhas só andam em grupos (cardumes), tanto no mar como na lata.

TOURO — Boi privilegiado.

TUBARÃO — Tinha um título bonito — "o tigre do mar". Depois entrou para o PTB e estragou tudo.

URUBU — Será o último a morrer de fome porque, quando o penúltimo morrer, ele ainda terá uma refeição garantida.

VACA — Sagrada em alguns lugares, aqui é vaca mesmo.

ZEBRA — Burrinho de pijama.

Manchete, 01/05/1954

O ABC da história

ARQUIMEDES — Descobriu uma lei de física quando mergulhou no banho. Se tivesse nascido carioca, a Inspetoria de Águas não lhe teria dado essa oportunidade.

BONAPARTE — Um louco que tinha a mania de ser Napoleão.

COLOMBO — Autor de duas descobertas notáveis: a América e o ovo em pé.

DIÓGENES — Há muitos e muitos anos, morou numa barrica, em sinal de protesto contra a lei dos homens. Hoje, provavelmente, seria incapaz de morar num apartamento com quitinete, em sinal de protesto contra a lei do inquilinato.

EURÍPIDES — O grande mestre das tragédias gregas. Morreu em 406 a.C.: o que foi uma pena. Se vivesse hoje, teria farto material para as suas obras.

FLAUBERT — Gustavo, para os íntimos. Foi o único sujeito até agora que não perdeu tempo ocupando-se com uma Mme. Bovary.

HENRIQUE — Naturalmente que me refiro ao VIII, o mais notável dos Henriques. Foi teatralizado por Shakespeare e musicado por Saint-Saëns. Faceta de sua personalidade: jamais acreditou no divórcio.

ISABEL — A mais simpática figura da história do Brasil. Num belo dia de maio do longínquo ano de 1888, ela, a princesa, pegou numa caneta com pena de ouro e assinou o decreto libertando para sempre toda uma raça escrava. Chamaram-na a Redentora.

JOANA D'ARC — Heroína, mártir e santa. Viveu um dramático episódio da história da França. De sua morte até hoje, somente a nova geração está incapacitada de admirá-la, graças a um filme horrível de Ingrid Bergman.

KEOPS — Fez uma pirâmide enorme, foi imitado depois, mas nunca igualado.

LEÔNIDAS — Inventor do espírito esportivo. Encurralado nas Termópilas, gozou o número de lanças inimigas e combateu à sombra.

MONROE — Homem de grande capacidade inventiva. Estou me referindo não ao autor da doutrina, mas ao outro, autor da Marilyn.

NEWTON — Descobriu a lei da gravidade. Estava deitado embaixo de uma árvore quando um fruto caiu na sua cabeça, chamando-lhe a atenção para o fenômeno da queda dos corpos. Felizmente, nessa oportunidade, Newton estava deitado sob uma macieira, e não sob uma jaqueira.

OVÍDIO — Poeta romano, muito citado de oitiva. Quando um sujeito quer brilhar, cita: — "Como diria Ovídio!". Isso quer dizer que ele nunca leu Ovídio. Nesse particular, aliás, o autor de *Metamorfoses* só perde pra Camões.

PILATOS — Entrou aqui como no credo.

QUASÍMODO — Segundo um novo-rico brasileiro que, em Paris, fazia-se de cicerone para alguns amigos, "Quasímodo é o apelido do famoso corcunda de Notre Dame, que viveu muitos anos na catedral do mesmo nome".

RABELAIS — Escritor francês de muito boa família. Como se permitisse algumas liberdades em seus escritos, criou fama de devasso. Hoje tudo quanto é livrinho de pornografia dizem logo que é Rabelais.

SILVA — Desconhecido que inventou a maior família do mundo.

TENÓRIO — Um simples Don Juan, segundo os invejosos de suas conquistas.

ULISSES — Filho de Laerte, pai de Telêmaco, esposo de Penélope. Ulisses foi o primeiro camarada a descobrir uma barbada: inventou o cavalo de Troia, jogou nele e ganhou fácil.

VERDI — Músico italiano do século passado. Apesar de gozar de grande prestígio no meio feminino, ou talvez por isso mesmo, Verdi sempre dizia que "*la donna è mobile*".

WEBSTER — Enciclopédia de onde estou tirando estes dados.

XERXES — Rei da Pérsia, mandou que seu exército destruísse Atenas. Era considerado pouco inteligente, orgulhoso e fraco. Entra nesta relação simplesmente porque é muito difícil arranjar outro com a letra "X".

YALE — Universidade americana onde foi inventada a fechadura do mesmo nome.

ZOLA — Nome completo: Émile Zola. Ator francês do século XX que se tornou célebre ao interpretar, no cinema americano, o papel de Paul Muni.

Manchete, 10/07/1954

Memórias de um Carnaval

— Por que não escreves uma história sobre o Carnaval?
Olhem, até que não é má ideia. Claro que tomarei cuidado, nada de usar a palavra "fulgor", ou combinar o adjetivo "estonteante" com o substantivo "alegria". É da máxima importância não dizer que "esta vida é um Carnaval".

Assim, evitado o lugar-comum, o assunto já me parece mais digno de ser abordado.

Todos nós temos um Carnaval para recordar e todas as revistas têm uma enquete para fazer: Qual o seu Carnaval inesquecível?

Ora, direis, ides falar na alegria que adivinháveis ao vosso leito de enfermo. Ides contar a ideia que tínheis de um Carnaval imaginado através do relato de adultos. Isso é muito manjado. Quando a revista vem com a pergunta, o perguntado já tem a resposta pronta:

— O meu Carnaval inesquecível eu não o vivi, mas adivinhei-o, impossibilitado de brincar.

Calma! O cronista pede calma e pede também ao respeitável público que não se anteceda à sua crônica, caso contrário, não poderá trabalhar.

Já disse, linhas atrás — e não custa nada repetir — que farei o possível para evitar o lugar-comum, quer nas expressões como no relato. Tomarei cuidado com o emprego das palavras, já que, falar em carnavais que não vi é muito fácil porque no tempo em que os adultos eram outros, eu não me preocupava em ser alegre — a alegria vinha naturalmente. Quanto a passar o Carnaval doente e de cama, isso — graças a Deus — nunca me aconteceu.

Mas antes que eu me esqueça e tenha que começar tudo outra vez, passemos ao meu Carnaval inesquecível.

Foi simplesinho até. Quem tivera a lembrança de organizar o bloco de sujos não sei. Provavelmente o Miloca, que ainda hoje seria um dos grandes foliões desta terra, se uma pneumonia dupla, às vésperas do advento da penicilina, não o tivesse levado para outros carnavais.

Pois o Miloca, quando eu cheguei na esquina em que nos reuníamos todas as tardes, tentava convencer a turma de organizar a coisa. Minto! A ideia não foi do Miloca. Agora me lembro. Quem a teve foi o "Filé de Trilho", graças à sua ideia fixa: o dinheiro.

Estava ele na esquina a enumerar as vantagens de um bloco de sujos, insistindo muito num ponto, qual fosse o de passar um pratinho, que esse tipo de cordão dá direito a passar um pratinho. O "Filé de Trilho", até o dia em que se casou com uma moça não de todo bela, porém irresistivelmente rica, nunca pensou em outra coisa a não ser em tomar o dinheiro dos outros. Fosse no bilhar ou no pôquer, na conversa ou no bloco de sujos.

Tomadas todas as providências, saímos por aí. Eu tinha a meu cargo a batida do bumbo. Dentro de um terno velho, desprezado pela elegância paterna, com o paletó vestido pelo avesso, as calças enormes e uma gravata-borboleta minúscula, colaborava com um toque chapliniano para o sucesso do cordão.

O itinerário, para que a coisa rendesse mais (ideia do "Filé"), seria percorrido pelas casas dos parentes de cada um de nós. Já tínhamos feito bem uns trinta mil-réis, quando, a uma esquina, justamente quando nos dirigíamos para a vila onde morava minha tia, surgiu em sentido contrário outro bloco, inegavelmente melhor que o nosso, já que, nele, a graça feminina colaborava.

Miloca, nosso porta-estandarte, quis confraternizar com a mais engraçadinha das moças adversárias, no que foi incompreendido, a julgar pelo pontapé que lhe deram no lugar onde se dá pontapé.

O pau comeu durante uns quinze minutos, pelo menos. Cada um soltando o braço como podia. Felizmente, para contrabalançar as calças que me sobravam e me tolhiam os movimentos, estava eu de bumbo, instrumento que, além de me servir como escudo, ainda me ajudava no ataque. Dei o máximo de bumbadas que me foi possível e mais daria se, auxiliados pelos circunstantes, alguns guardas não interviessem de forma conciliadora.

Voltei para casa com os restos do que foi o meu primeiro e último bumbo, comprado por uma bagatela na loja do turco Mansur.

Sofri os castigos de praxe e, muitos dias depois, a batalha campal ainda era comentada na esquina, com exuberância de detalhes. Mesmo Miloca, de natural tão pacato, mentiu a valer, contando-me como quebrara o porta-estandarte na cabeça de um inimigo. E eu ouvia tudo interessado, sem perceber que aquele foi o melhor Carnaval de minha vida.

Rei Momo que desculpe este seu indisciplinado súdito.

Manchete, 27/02/1954

Cuidado com o bolo

Acordo com a certeza de que o uísque da véspera fora batizado pelo químico da boate. Lembro-me vagamente que custou caríssimo, mesmo depois dos meus protestos junto ao garçom, sujeito compreensivo que voltou à caixa e retornou mais tarde com a conta reduzida à metade e uma desculpa esfarrapada: o caixa somara também o número da mesa.

Nunca paguei tão caro por uma simples dor de cabeça — penso. E admito também a hipótese de melhorar depois de um banho e uma aspirina. É o que faço. Tomo os dois e já estou quase pronto para sair, quando o telefone toca.

Quem será a estas horas? São somente sete da manhã e se não corro, a campainha vai acordar todo o mundo. Atendo à terceira chamada e a voz do outro lado diz que quer falar comigo. Pois sou eu mesmo. A voz diz bom-dia e se identifica como Mme. Fulana, leitora assídua. É muita bondade. Nada disso, não é bondade nenhuma, ora essa. Ela sim, que fica agradecida. Não sei o que responder nem preciso, porque Mme. Fulana já está perguntando quantos.

— Quantos o quê, minha senhora?
— Quantos anos. Hoje não é dia do seu aniversário?
Que lástima — é isso mesmo — dia do meu aniversário. Nem me lembrava e, sinceramente, preferia que ninguém se lembrasse. Mas Mme. Fulana, leitora assídua, já se lembrou e está querendo saber quantos.
— Pois trinta e um, minha senhora.
— O quê? Julgava-o mais velho.
Novamente foi bondade dela e antes que diga que não, faço a graça mais sem graça dos que estão na casa dos trinta e fazem anos. (Os leitores não estranhem, mas aqui não lerão nem uma vez o verbo aniversariar. Acho horrível esse verbo.) Mas contemos a graça:
— Pois é, madame, sou trintão.
Não podia ter me saído pior. Enfim, madame não repara. Dá os parabéns e desliga. Adeus, leitora assídua. O que me vale é que ninguém ouviu nossa conversa e posso ruminar a esperança de que a data passe despercebida.

Mas qual, mal chego à cozinha para esquentar um café, noto, espetado no queijo, um cartão com os dizeres: "Feliz aniversário, venha jantar".

Perceberam? Venha jantar, quer dizer: convidados à beça pra dar abraços. Logo hoje que pretendia voltar cedo para casa e terminar uns escritos pendentes.

Na cidade, onde circulo no meio de uma porção de gente, sou um homem comum, isto é, não faço anos. Pelo menos ninguém sabe que estou colhendo mais uma flor no jardim da existência. Aliás, isso de flor no jardim da existência seria expressão de seu Maia, caso me encontrasse hoje. Ele, que foi a figurinha mais acaciana que já encontrei no citado jardim, jamais se esqueceu da "grande data". Felizmente, seu Maia deixou de ser chato aqui. Agora é chato em Pernambuco.

Vai-se o dia nessa incômoda expectativa. Cada pessoa que se aproxima para falar comigo parece vir com um abraço engatilhado. Houve mesmo um momento em que o contínuo chegou junto a mim e disse:

— Hoje é dia...

Eu já ia responder "muito obrigado", com um sorriso amarelo, quando ele completou:

— ... do meu plantão.

Agora, depois de esticar o mais que posso minha permanência na redação, resolvo voltar para casa e enfrentar o tal jantar. Ficar mais tempo aqui poderá virar o feitiço contra o feiticeiro. Alguém descobre que sou um pobre aniversariante (aniversariante pode, aniversariar é que eu não gosto) e, em vez de uma comemoração, terei de sofrer duas.

Tomara que não tenha bolo. Soprar velinhas depois dos dez anos devia ser proibido por lei. Bem; proibido por lei também não, pois basta ser proibido para todo mundo fazer. O melhor seria ficar estabelecido que soprar bolo de aniversário não é de bom-tom. Garanto que ninguém mais soprava. Entre a contravenção e o cafajestismo todos preferem a primeira embora muita gente acumule.

Finalmente estou em casa. Abro a porta sem fazer barulho e ainda bem não ultrapasso o patamar, amigos, parentes e aderentes começam a cantar aquela musiquinha horrível, chamada "Parabéns pra você".

É a música que mais custa a acabar e a gente fica com cara de boboca até o final do bis.

Tudo terminado, respiro profundamente. Agora só faltam os abraços. Começo a recebê-los apertados ou frouxos, conforme o grau de intimidade do doador, até que, dando um passo atrás para cair nos braços de um contraparente de minha tia, esbarro na mesa e alguém grita:

— Cuidado com o bolo! Não derrube as velinhas!

Manchete, 17/04/1954

Nesta data querida

O calor, a vontade de tomar um banho e uma terrível dor de cabeça levaram-no a abandonar o escritório, num desejo incontido de descansar o corpo e distrair o mau humor.

Fechado no elevador teve o seu primeiro sintoma de alegria, ao pensar que estava prestes a chegar, pensamento que se esvaiu ao ouvir a algazarra que vinha lá de dentro do apartamento. Correu, meteu a chave na porta, abriu-a e ficou sem entender. Eram bem umas trinta crianças, entre brinquedos, bolas de encher, docinhos, apitos, babás e mamães.

Saiu da surpresa para o encabulamento.

Esquecera completamente o aniversário da filha. Que vergonha! E todos ali olhando para ele — o dono da casa.

O jeito foi disfarçar, dizer "boas-tardes" gerais, cumprimentar as mães mais próximas e alisar a cabeça das crianças que lhe atrancavam o caminho.

Passado o primeiro momento, voltou o barulho infernal. Novamente apitos, choros, gritos, risos, reco-recos etc. A mulher, sem que ninguém percebesse, passou-lhe um embrulho dizendo:

— Toma, é o seu presente para a SUA filha.
Esse "sua" aí foi assim mesmo, com maiúsculas na voz. Fingiu não notar, abraçou-se com a filha e entregou-lhe o pacote, sem disfarçar a própria curiosidade em saber o que era.
Era um urso de pelúcia, com uma caixinha de música dentro.
— Quanto custou? — perguntou à mulher, num sussurro.
— Dois contos! — respondeu ela, aumentando o preço e diminuindo a voz.
Só então se lembrou de que tudo aquilo estava correndo por sua conta. Os doces, as bolas de encher (quantas!) penduradas na parede, os salgadinhos, Coca-Colas, Guaranás, pacotes de balas, cornetas e até sessão de cinema, programada para o seu escritório, onde já havia um camarada a ligar fios e tomadas.
E dizer-se que tinha vindo para casa mais cedo devido a uma terrível dor de cabeça! Agora nem uma tonelada de aspirinas adiantaria, tal era o barulho que a criançada fazia.
Assim mesmo tomou um soporífico na cozinha, ocasião em que a empregada avisou-o que a água acabara e que toda a louça da festa ficaria para ser lavada no dia seguinte.
Não se sentiu com disposição para "fazer sala". Chamou a mulher e explicou o seu estado. Ela limitou-se a dizer:
— Vá para o quarto, então. Você não ajudou nada mesmo.
Era evidente a zanga, mas isso ficaria para ser ajeitado depois. Afinal não tinha culpa de sua falta de memória.
E foi entrar no quarto e levar aquele susto. Um garoto de cabelo arrepiado, envolto na sua capa de borracha, abrira todas as gavetas da cômoda, subia por elas e, lá de cima, se atirava na cama.
— Que é isso, menino?
— Sou o Homem-Pássaro — respondeu o garoto, e voltou a se atirar sobre as pobres molas do colchão.
Expulsou o intruso com capa e tudo. Depois ficou ali no quarto, esperando que acabasse a farra. O silêncio bom que rei-

nou em volta, ao fechar a porta, foi recebido com um suspiro de alívio. Deitou-se na cama imaginando o que veria no dia seguinte: seus livros atirados no chão, doces esborrachados no tapete, Coca-Cola no sofá da sala, copos por toda parte, inclusive dentro da vitrola e, sobretudo, uma imensa conta para pagar.

Lá pelas nove da noite, a mulher entrou no quarto e não respeitou o seu sono. Foi logo dizendo:

— Bonito, hein? Além de esquecer a data ainda me deixa sozinha com as visitas. Nem ao menos conversou um pouco com o senador.

— Senador? — perguntou ele, tonto de sono.

— É sim. O senador Castro foi tão gentil trazendo o filho e você nem foi cumprimentá-lo.

— Como era o filho dele? — quis saber, fingindo interesse.

— Um bonitinho, de cabelo arrepiado, que estava brincando com a sua capa.

— Ah, sei. O Homem-Pássaro.

E, após estas palavras, adormeceu profundamente, não sem antes ouvir um último comentário da mulher. Disse ela:

— Ainda por cima você está bêbado.

Manchete, 29/12/1956

Um anjo

O marido solto no verão — por força do veraneio da família — é um homem que muda por completo seus hábitos e atitudes ao sentir-se libertado dos compromissos domésticos. É um homem sem horário para comer, para dormir e até mesmo para trabalhar.

O marido em disponibilidade nos dias úteis, porque no domingo sobe para Petrópolis, Teresópolis, Friburgo ou lá onde tem a família, assume uma segunda personalidade, até então insuspeitada, e é um homem de estranhas atitudes, mutáveis segundo a influência de amigos e acontecimentos.

Tenho encontrado, por aí, maridos a fazerem as coisas mais extravagantes possíveis, qual boi de curral que — segundo dizem os entendidos em gado vacum — quando solto no pasto lambe-se todo. E, dentre esses maridos, o mais estranho é o tímido. Tomo para exemplo o amigo cuja esposa, senhora de proporções — digamos — cinemascópicas, cerrado buço e intransigência doentia, sofre de pertinazes *pruridibus cutaneus*, doença que o vulgo houve por bem denominar brotoejas. Tal senhora, mal começam a subir os termômetros, sobe também, mas para a serra, a se coçar toda e a lamentar as férias forçadas que dará ao marido, criatura quase santa, homem que terá entrada franca no céu se, quando lá chegar, mostrar a fotografia da esposa a são Pedro.

Ele faz parte do grupo de maridos que, mesmo com ampla liberdade de ação, permanecem tímidos e sossegados num canto, pouco aproveitando a folga matrimonial. Pelo contrário até, noutro dia foi visto a comprar revistas de palavras cruzadas, numa banca de jornal. Surpreendido no ato da compra, explicou:

— É pra resolver na cama, enquanto o sono não vem.

Assim é um homem pacato. Mas, dizia eu, um marido solto é um enigma, e este não é melhor do que os outros. Acredito mesmo que o tímido, quando insuflado pelos amigos, é capaz das mais extravagantes aventuras.

Foi assim com este. Era, segundo lhe diziam, uma festinha pré-carnavalesca, coisa íntima, só gente da corriola — se me permitem o termo. O marido, de princípio — e disso sou testemunha —, não queria ir. Vamos que a mulher telefonasse de madrugada, vamos que estivesse na festa uma conhecida dela, vamos uma porção de coisas, que o homem medroso cria uma série de dificuldades antes de se decidir.

Contornadas todas essas hipóteses dramáticas, amigos e conhecidos acabaram por convencê-lo a ir... e bebeu-se fartamente ao evento. Ele também tomou umas e outras, tanto que, quando soube que o negócio era na base da fantasia, gritou entusiasmado:

— Eu vou de anjo!

Arranjou uma camisola enorme (provavelmente da esposa), umas asas de papelão, uma auréola de arame e saiu para a rua, à procura de um táxi. E, como já se sentisse um outro homem, na ausência do táxi entrou mesmo num lotação, criando inclusive um caso, na hora de saltar, porque cismou que anjo tem abatimento em qualquer condução.

A festa não era tão íntima assim, como disseram os amigos. Segundo suas próprias palavras, era "um pagode de grande rebolado", no qual ele se meteu todo, já sem nenhuma prudência, cumprimentando senhoras conhecidas, deixando-se fotografar abraçado a uma baiana decotadíssima que encontrara numa volta do cordão.

Foi no dia seguinte de manhã que o medo voltou a baixar sobre sua consciência. Mesmo antes de abrir os olhos, pedia a Deus que ninguém lhe tivesse atirado confete, porque confete é uma coisa de morte que a gente pensa que limpou mas que, meses depois, ainda aparece no fundo do sapato, na dobra da ceroula, nos mais variados lugares.

Até a véspera de subir para o fim de semana, remoeu-se em dúvidas e suspeitas: sua mulher já saberia de tudo? Estaria esperando sua chegada para explodir? Essas e dezenas de outras perguntas se fez até o momento de rumar para Petrópolis. Antes comprara todas as revistas semanais, até o *Monitor Mercantil* ("nunca se sabe!"), com medo de que alguma delas tivesse publicado o seu retrato de anjo abraçado à baiana decotada, de quem conseguira o telefone mas a quem não tivera a prudência de não telefonar.

Sossegou somente com a ideia de que, sendo a mulher como era, se soubesse de alguma coisa, não esperaria sua chegada para desabafar — teria descido com brotoeja e tudo. Foi mais aliviado, portanto, que chegou em casa, abriu a porta e deu com a gordíssima esposa a esperá-lo.

— Como vai, meu anjo? — disse ela.

Desmoronaram-se todas as suas esperanças. Após um tremido "pode deixar que eu explico", contou tudo que acontecera, sem perceber que aquele "meu anjo", com que ela o saudara, era apenas uma carinhosa expressão de esposa saudosa.

Manchete, 11/02/1956

Há muito tempo

Quando já iam nas alturas do quinto uísque, por absoluta falta de assunto, um deles perguntou:

— E se agora fosse há dez anos?

O outro sorriu das lembranças. Mulher, provavelmente, porque após sorrir, seus lábios pouco a pouco foram se apertando e acabaram espremidos um contra o outro, deixando um vinco de amargor nos cantos da boca. Para fugir a uma recordação que — era evidente — lutara muito para apagar, pediu o sexto uísque e, de pura raiva, recusou a soda que o garçom ia servindo. Beberia puro.

O que propusera o recuo no tempo comoveu-se daquela comoção que a bebida proporciona. Estava arrependido de ter interrompido o silêncio de maneira tão desastrosa. Não que soubesse de coisa alguma. Afinal, um homem de trinta e dois anos, como era o amigo, razoavelmente vivido, teria forçosamente uma mulher de há dez anos. Ele, por exemplo, tinha duas e talvez por causa disso mesmo não se comovia tanto. Pensou, jovial, que duas mulheres no presente causam certas complicações mas, desde que passem ambas para o rol das recordações, não chegam sequer a comover — uma neutraliza a outra. Pediu também o seu sexto uísque.

Agora, na aparência, bebiam sossegados. Por dentro, cada um remoía episódios idos e vividos. O do uísque puro enxugou uma lágrima indiscreta com as costas da mão e queixou-se da fumaça que embaciava o bar. Depois, assim revelado, fez algumas confidências. Poucas, que não desceu a detalhes nem subiu a exaltadas imagens. Mesmo discreto, deixou entrever um insuspeitado sofrimento, esse sofrimento que nos dá a certeza do nunca mais.

O outro percebeu mas não queria se chatear. Daria, de bom grado, conselhos; consolaria. Mas como? Que se pode dizer, que amortecedores usar para ajudar um amigo apaixonado por uma mulher de há dez anos? Para que compreendesse a sua solidariedade, perguntou:

— Viva?

— Vivíssima!

Pediram o sétimo. O "vivíssima" apagava subitamente o tom de coisa passada que os dois traziam no pensamento. Uma mulher vivíssima pode entrar a qualquer momento, pode telefonar, pode estar no bar ao lado bebendo um coquetel colorido. Talvez se entregue a um outro, talvez espie a lua, talvez cante ou talvez minta.

Positivamente era pior. Doía mais na carne do amigo. Não era um sentimento que o tempo há dez anos amenizava, era uma esperança que há dez anos crescia. Por que fora perguntar aquilo? Sua intenção era animar a conversa. Jurava-se que era.

E — de repente — a ideia salvadora, a ideia que afastaria o amigo do amargor e a ele daquele mal-estar que sentem os que participam involuntariamente dos amargores alheios. Por que não pensara nisso antes?

Pigarreou e perguntou:

— E se agora fosse há vinte anos?

Claro, há vinte anos eram dois meninos. O colégio, praia, as férias. O brilho nos olhos do amigo crescia. Futebol na rua, o avô, aquele doce que faziam. Entreabriam-se lentamente os lábios do amigo. A coleção de figurinhas, São-João, Natal, certa canção. Riam-se ambos com tanta espontaneidade que o garçom e os demais fregueses do bar estranharam.

— E você se lembra daquele dia em que roubamos os passarinhos?

Estavam salvos.

Manchete, 04/06/1955

Caderninho de endereços

Humanizemos o caderninho de endereços, onde cada nome corresponde a um número telefônico, onde as amizades, os negócios e os amores estão dispostos em ordem alfabética:

Letra "A" — Três são de rádio: Aracy de Almeida, Ary Barroso e Antônio Maria; dois são Aluísios, sendo o primeiro de Salles e o segundo de encadernar livros. Com patente há apenas o Almirante, também de rádio. Américo — meu pai.

Letra "B" — A página abre com o Banco do Brasil, impossível de ser humanizado. Há ainda o Bergalo, que ninguém chama de Eduardo, e Bandeira (o pintor).

Letra "C" — Carlos (diversos), um que é fotógrafo, outro que é de fazer shows, um terceiro se fantasia de anjo, no Carnaval. Há ainda outros (Lacerda, por exemplo) e, embora nenhum deles conheça pessoalmente os demais, estão todos agrupados na mesma página do meu caderninho. Ceschiatti (escultor), Chico Brito (pescador), Claude Austin (pianista), Cássio Fonseca (economista), Cybelle (mulher e nada mais). Dois Celsos: um (o Cunha) atualmente em Paris, outro (o Zinho) atualmente em disponibilidade amorosa. Caymmi (Dorival) nunca está em casa.

Letra "D" — Di Cavalcanti, como sempre, entre as mulheres. Na linha de cima — Diana Morel, a corista. Na linha de baixo — Dolores Duran, a cantora. Darwin Brandão (repórter), Dreyfus Cattan (anfitrião). Didu — apelido simples de um homem difícil. Tal como o cachorrinho da feiticeira, que à meia-noite virava abóbora, Didu, às vezes, se transforma no sr. Carlos Eduardo de Souza Campos, um dos dez mais elegantes da lista.

Letra "E" — Eustáquio — pebolgo, filósofo, antropologista, escritor, músico, poeta disfarçado, médico e contador de anedotas. Sozinho ele é capaz de encher qualquer caderninho de endereços. Euclides, um dos poucos para quem não adianta ligar mais o telefone. Excelente desenhista era ele. Eloy (o motorista), Esther (a inconfessável).

Letra "F" — Fernandos; Sabino, Ferreira, Messeder, Lobo, Nascimento Silva, Aguinaga. Este caderninho sempre foi pródigo em Fernandos. Há, inclusive, um Fernando Simples. Flávios: de Aquino, Cavalcante e Porto. O último tem um apelido que também se enquadra nesta letra: Fifuca. É meu irmão.

Letra "G" — Guima (o do *ACONTECEU*), Gildinha (que de certa maneira também aconteceu), Glória May, a do teatro, e Gilberto Souto, o do cinema. Getúlio — rapaz muito vivo.

Letra "H" — Hélio Pellegrino (poeta), Hilde Weber (desenhista), Haroldo Barbosa (parceiro), Helena, mandar chamar na casa ao lado. Sempre demora um pouco, mas vale a pena esperar.

Letra "I" — Íris — sumiu; Irene — foi para os Estados Unidos; Isa — casou; Isabel — engordou.

Letra "J" — Os Condés — João e José. Os outros são o Joel Silveira, que está sempre mudando de telefone. Jatobá (o locutor) e José Lewgoy (o bandido). Jorge Guinle (jazz).

Letra "K" — Obrigado, Willy Keller, não fosse você e a letra "K" do meu caderninho seria uma página inútil.

Letra "L" — Luís Jardim (escritor e desenhista) — não o tenho visto ultimamente, preciso dar uma ligada para o Lula. Luiz Coelho e Dinah, embaixadores cariocas em São Paulo. Liginha, Léa, Lourdes, Laís. Lúcio Rangel (tudo sobre música afro-americana). Leda, que um dia será escritora.

Letra "M" — Mariana, cujo telefone (já não é mais este) ainda está aqui por razões sentimentais. Millôr Fernandes (Vão Gogo), Mário Cabral (o pianista causídico), Miguel Faria (que anda sumido neste verão), Manuel Bandeira (*Poesias completas*), Mariozinho de Oliveira (o Milonga), Marcelo (meu irmão). Maxim's — excelente lugar para encontrar amigos momentaneamente perdidos.

Letra "N" — Ninguém.

Letra "O" — Além de Otávio Thyrso, há dois Ottos — um que me faz camisas e não manda, outro que me pede livros e não devolve.

Letra "P" — Paulos: Mendes Campos e Crespo. Passarinho — moça que atende por este suave apelido.

Letra "R" — Rubem Braga — o sabiá da crônica. Ramiro e Raimundo Nogueira — pintores. O segundo é também decorador. Quanto a Rosinha, é apenas decorativa.

Letra "S" — Simeão Leal (*Cadernos de Cultura*), Silveira Sampaio (um sorriso em cada fotografia), seu Sobral (que tem sessenta e cinco anos e solta papagaio na praia).

Letra "T" — Titia (isso mesmo), Tati (amiga).

Letra "U" — Umbelino, que apesar do nome conserta rádios muito bem.

Letra "V" — Contrastes: dois Vinicius, um de basquete, faz cestas, outro de Moraes — faz poesia; duas Veras, uma que não consigo lembrar, outra que não consigo esquecer.

Letra "W" — Walther Quadros, inventor da "Sombra" e da maioria dos personagens das histórias contadas por cronistas mundanos. Waldemar Lopes, que detesta encrencas e, por isso mesmo, não tira o paletó na redação. Está sempre pronto para pedir demissão e ir embora.

Letras "XYZ" — Três letras para uma só pessoa — d. Zulmira, assim chamada porque seus pais conheceram-se na batalha de confete da rua do mesmo nome.

Manchete, 05/03/1955

Um retrato

Era um almoço; uma comemoração. O que se comemorava já não me lembro, mas de um detalhe estou certo — comeu-se feijoada. Depois resolveu-se que haveria o retrato — um grupo formado, ou melhor, amontoado no meio da sala; alguns sentados, outros de pé, diversos ainda de copo na mão e um que preferiu o gesto obsceno.

O fotógrafo atendeu ao chamado sob a promessa de que cada um pagaria adiantado a sua cópia. Então veio, custou muito a enquadrar os quinze dentro de sua objetiva, ouviu diversas piadas de mau gosto e acabou batendo a chapa. O flash que iluminou os nossos rostos captou, naquela tarde de há dez anos, os sorrisos que caprichávamos para a posteridade.

Agora o retrato começa a ficar amarelo. Tenho-o diante de mim e examino um por um, os convivas daquele almoço. Já não somos quinze, como há dez anos. Tal como no poema de Bandeira, alguns a morte levou ou a vida, nos desenganos. Os que sobramos já não somos tão unidos. Apenas nos encontramos casualmente e nos saudamos apressados. Quem nos vê assim, a trocar um cumprimento ligeiro, nunca suspeitará que somos velhos amigos, de uma ternura tão grande que nos obriga, em certos momentos, a procurar o antigo companheiro. Não há explicação para esses desejos repentinos de comunicação, para essa incontornável vontade de reviver a passada camaradagem.

Quantas vezes, à noite, o telefone toca e um deles, sem procurar se justificar, pergunta o que estou fazendo, se tenho tempo para encontrá-lo naquele momento.

— Estou aqui num bar e me lembrei de ligar. Venha tomar um negócio qualquer comigo.

Na mesma hora sinto que é preciso ir, embora os compromissos para a manhã seguinte. Largo o que estiver fazendo e vou ao seu encontro. Sou um daqueles alegres rapazes que, numa tarde de 1944, se reuniram para um almoço e uma fotografia. Sei disso — o retrato não me deixa mentir — e sei também o quanto é sincero o telefonema dado do balcão de um bar.

Os que a distância não permite encontrar, enviam estranhos cartões-postais: "A vida aqui anda mais calhorda que nunca. Faço-te responsável pelo abraço que estaria dando nos outros, caso estivesse aí. Dê um abraço maior em Fulano. Ontem sonhei com aquela besta".

1944. Choveu naquele dia. Sei disso porque o retrato me mostra. Paulino enrolou a capa de borracha nas pernas, como se fosse uma saia, e deixou-se fotografar em atitudes de dama pudica. Eterno palhaço. É dos que menos telefona, tais as suas andanças por esse mundo de Deus. Às vezes aparece para jantar, justamente quando eu pensava que estivesse em Ouro Preto ou no Cairo.

Este se casou com uma moça rica e este outro com uma moça pobre. Ambos vêm desconcertando os contadores de histórias. São felicíssimos. O mesmo não se pode dizer deste aqui. Casou também. Nós sabíamos que não daria certo, mas quem tem o direito de impedir um amigo de amar errado?

Raros foram os que não mudaram de vida. Dentre eles, o mais velho de todos, continua a frequentar os mesmos lugares, a tomar a mesma bebida, a discutir os mesmos assuntos. Não procura ninguém, mas deixa-se encontrar com indisfarçável alegria.

O que era um tímido, só agora começa a reagir. Pode ser visto mais ou menos às cinco horas da tarde, em frente à ABI sorrindo para os conhecidos. Costuma aparecer no referido lugar nos dias úteis, e aguarda a passagem das funcionárias do Ministério da Educação. Está apaixonado por uma delas. A moça ainda não sabe.

Naquela tarde chuvosa de 1944 éramos quinze, ao todo. Os dois que a morte levou tragicamente estão no retrato para sempre. Não poderão mais telefonar do bar nem escrever da Europa. Não serão procurados, mas ficaram na lembrança. São os que nos lembrarão sempre que fomos alegres e jovens. Para os outros treze não envelhecerão jamais.

O tempo começa a pintar o retrato de amarelo. Breve estará pintando os nossos cabelos de branco, enrugando os nossos rostos que aquele flash iluminou há dez anos. O tempo pode contra tudo e contra todos, menos contra estes dois rapazes sorridentes que a morte levou. Eles terão, para sempre, vinte e cinco anos.

Manchete, 15/01/1955

O pátio da igreja

Foi agora, ao ser padrinho num batizado, que aproveitei a oportunidade para dar uma espiada no pátio da igreja. Deixei afilhado e convivas à beira da pia batismal, aguardando um sacerdote retardatário, e atravessei a sacristia para rever o lugar onde passei tantas horas da infância em disputadíssimas partidas de futebol ou bola de gude; em discussões infindáveis sobre os mais variados assuntos ou simplesmente a comer as frutas que os padres — pobres deles — jamais provaram o gosto tantos eram os meninos e tais as suas artes.

Abri a porta dos fundos, desci os três degraus da escadinha e lá estava eu a pisar outra vez o mesmo chão do pátio interno.

Sombrio como sempre fora, agora envolvia-o um silêncio impossível noutros tempos, um silêncio que assentava melhor à sua austeridade ou, quando não, à sua condição de quintal de igreja.

Está algo mudado. No muro já não são mais visíveis as marcas das bolas que nele batiam constantemente. Uma pintura nova em toda a sua extensão e permanece limpinho, prova de que já não se joga mais futebol ali pois, em caso contrário, seria impossível manter aquela imaculada brancura. Sua função, afinal, consistia no que hoje se chama "linha de fundo", e era comum um dos garotos se machucar, não com a rispidez do adversário, mas com a própria bola, que o muro, frequentemente, devolvia com uma violência de craque profissional.

Em tais acidentes era useiro e vezeiro o Benedito, que nas horas de trabalho era sacristão e nas horas vagas *goalkeeper*, por sinal que bastante razoável. Esse mesmo Benedito, conhecido também pelo pseudo de papa-hóstias, apelido condizente com sua mania de comer as hóstias ainda não consagradas pelo vigário Paulo, que também as fazia ao forno, é hoje um homem feio e triste, cheio de filhos e de dívidas, ao contrário de então, quando suas obrigações eram apenas ajudar a missa e defender da melhor maneira os chutes que nós, os outros frequentadores do pátio da igreja, atirávamos sem dó nem piedade.

Vejo que também do outro lado foram introduzidas diversas novidades. O lugar onde se jogava bola de gude, por exemplo, foi cimentado e ladrilhado. Caminho até lá e constato a completa impraticabilidade do terreno para futuras partidas. Por baixo daquele cimento foram sepultadas para sempre as demarcações que fazíamos para jogar: as "búlicas" e os "zepelins", que eram os jogos em moda, naquela época.

As árvores é que são as mesmas. As três mangueiras, as duas caramboleiras e, ao fundo, a jaqueira imensa a distribuir galhos por toda a vizinhança. Pelo que observo ainda frutificam, embora, ao que parece, em menor escala. Seria talvez a falta de estímulo. Já não há mais aquele bandão de meninos para lhes roubar as frutas.

Do outro lado do muro morava Carminha, e a janela do seu quarto abria-se para o pátio. Um dia, aqui, nesta caramboleira, subimos, o Pedro Cavalinho e eu, numa tentativa arriscada e frustrada de vê-la mudando de roupa. Ah, se eu soubesse que esse espetáculo, mais tarde, seria tão fácil de ver, não teria subido tão alto.

Olho para cima, recordando a travessura e dou com uma carambola madurinha, na ponta de um galho. Na certeza de que a boca do vigário Paulo calou para nunca mais as suas repreensões, apanho uma pedra e atiro em direção à fruta. Na terceira tentativa (o que não é mau para um sujeito destreinado como eu) ela vem se esborrachar cá embaixo.

Limpo-a com o lenço e dou uma dentada grande, que faz o caldo escorrer entre os dedos. Sinto o gosto e penso que as carambolas da igreja já não são tão doces como antigamente. Depois sorrio e admito que talvez eu é que tenha ficado mais amargo.

De repente lembro-me do batizado. O padre já deve ter chegado e, provavelmente, estão todos esperando por mim.

Jogo a fruta fora e volto correndo, atravesso a sacristia e entro na igreja. Mais alguns passos cautelosos, em sinal de respeito, e enfrento os olhares de reprovação dos presentes. Limpo as mãos, ajeito a gravata e estou pronto para ser padrinho, no mesmo lugar onde, um dia, já fui afilhado.

Manchete, 08/08/1953

Frederico

Chamava-se Frederico. Era belo, de porte elegante e tinha uma voz potente e afinada. Seu maior defeito era, talvez, a vaidade, pecado de resto perdoável, já que não tinha culpa de ser tão bonito e de dar tanta sorte com as galinhas.

Entre as qualidades de Frederico salientava-se uma valentia realmente espantosa, que jamais lhe faltava, na hora de defender os seus interesses. Contudo, era discreto, não provocava ninguém, e tinha esse raro predicado: um espírito conciliador.

Estas são, em linhas gerais, as principais características de Frederico. Acrescente-se que nasceu sem mãe e teremos completados os dados iniciais.

Nasceu numa chocadeira — pois esta é a história sincera de Frederico, o Galo. Num momento de rara inspiração poética, a copeira trouxe para casa, entre as compras da feira, um inútil pintinho amarelo. Largou-o no chão da copa e explicou:

— Fiquei com pena dele, coitadinho. Estava tão triste lá, tão sozinho!

E contou o que o vendedor lhe dissera. Tratava-se do resultado do único ovo vingado de uma dúzia deles, colocados alguns dias antes, numa chocadeira elétrica.

Ouvindo tudo calados, estávamos nós, os de casa, surpresos e encantados com aquele pintinho miúdo, quieto, que se limitava a dar pios fininhos e descompassados, talvez de frio, talvez de fome, ou, simplesmente, de aprovação às palavras da copeira.

Naquele mesmo dia ficou sendo Frederico. Andava lendo coisas de García Lorca, *el gran Federico, que se morió cuando aún habian estrellas en el cielo*. Lembrei-me de algo que o poeta contara a respeito de um galo e resolvi que, em homenagem à sua memória, seria Frederico, o recém-chegado.

Cresceram-lhe as plumas, azuis de mar bravo, nasceram-lhe esporas e a crista vermelha, qual coroa de sangue, que impunha respeito em todo o quintal. Seu canto, lá um dia — prolongado e pungente —, soou na manhã como um brado de alerta.

Frederico não era nem mais nem menos cavalheiro do que os outros machos da sua espécie. Com ar dominador, vigiava os longes, jamais comia sem que todos os outros, pintos e frangas, marrecos e patos, estivessem alimentados. Conquistador inveterado cortejava todas as galinhas, mantinha a ordem entre elas e ainda achava tempo para dedicar-se aos filhos com atitudes de pai extremoso.

Mas ai daquele que atentasse contra a sua soberania. Frederico não perdoava intromissões no seu domínio e, por isso mesmo, muitas vezes foi obrigado a impor-se pela força. Lutava como um valente que era e, vencido o inimigo, cantava o seu canto prolongado e belo, que nunca deixou de merecer uma resposta de desafio do galo da vizinha, um galo de briga, imenso e vermelho, treinado para lutas em rinhas de aposta.

Pela madrugada, então, Frederico se vingava, impondo o seu canto ao do rival, que galos de briga são maus cantadores.

Foi numa manhã, ao café. Alguém veio correndo contar. Saímos todos para ver se era verdade. E, de fato, foi fácil perceber o que se passara. O galo de briga, afinal, conseguira pular o muro e viera ao quintal.

O corpo de Frederico, estendido no chão, e as feridas na cabeça do seu rival mostravam bem que a luta tinha sido de morte. E o silêncio que dominava a tudo e a todos era interrompido apenas pela respiração ofegante do galo da vizinha, que o sangue a escorrer do bico quebrado não lhe deixava arquejar o seu cansaço.

Pequeno e bravo Frederico, que morreu pela sua honra. Que não deixou sem um castigo a audácia do inimigo. Que deu a vida por todos e, especialmente, por uma entre tantas. De pouco lhe valeria a vida se não tivesse valentia bastante para oferecer em defesa daquela que amava.

Bem honrou o nome, Frederico, pois também foi assassinado de madrugada. E num canto do terreiro que, sabíamos, lhe era caro, seu corpo foi enterrado, envolto num pedaço de velha cortina azul e vermelha, que fora da sala.

Nem epitáfio nem memórias. Apenas um outro galo — seu filho — veio substituí-lo. Mas agora, voltando ao poeta, descubro as palavras que, naquele dia, não encontrei para dizer ao galinho valente. São tardias, mas suas:

Canta galo, regalo e contragalo.
Canta firme sob a sua crista de chamas.
Porque uma de suas galinhas bem podia ter-lhe parecido a galinha
[dos ovos de ouro.

Manchete, 12/09/1953

Mudança

A experiência ensina que, depois de tudo pronto — livros encaixotados, roupas emaladas, móveis despachados e demais providências — é que começa, de fato, a arrumação para a mudança. Disso sabíamos nós, e nos esforçávamos para fugir à regra, fazendo tudo na mais perfeita ordem, com um notável espírito de equipe, a fim de garantir maior rendimento e rapidez nos trabalhos.

Foi tudo em vão, porém. Duvido que consiga alguém escapar às estranhas artes desse pequeno demônio que frequenta as nossas casas na hora de uma mudança.

Já respirávamos profundamente, cansados mas felizes, prontos para um merecido repouso, com as consciências tranquilas pela missão cumprida, quando alguém olhou para as paredes e anunciou com espanto:

— Os quadros! Esquecemos os quadros!

Era verdade. Lá estavam eles, pendurados, à espera de nossas providências. Foi como recomeçar tudo outra vez. Abriram-se malas, na esperança de encontrar-se uma vaguinha que afinal não havia. Pelo contrário até, uma das malas, apesar de nada mais ter sido colocado dentro dela, não quis fechar. Foi preciso retirar o pacote de discos, para que a tampa voltasse a ficar devidamente encaixada.

O melhor era desistir das malas. Lembrei-me de que um dos caixotes não ficara de todo cheio. Aos caixotes, pois. E foi uma trabalheira para despregar tudo outra vez. Ainda mais porque, quis o destino, que fosse o último a ser aberto aquele que tinha lugar para os quadros.

Antes de recomeçarmos as marteladas, decidi: o melhor era dar uma busca em todos os aposentos, para ver se não faltava nada.

A busca foi minuciosa e fértil em achados. Tinham sobrado objetos os mais variados, inclusive um relógio de parede que constituiria um problema insolúvel, caso o homem do guarda-móveis já tivesse partido. Felizmente ele ainda estava ali e, apresentado ao relógio, abraçou-o carinhosamente e partiu rumo às escadas, prometendo mandar mais um caixote para guardar o mundo de coisas esquecidas.

E agora? Estaria mesmo terminada a mudança ou ainda faltaria alguma coisa? Ninguém se animava a verificar. Sentados cada um numa mala, todos ofegavam o seu cansaço particular, olhando uns para os outros, o que somente servia para aumentar o cansaço geral.

Foi quando a voz da copeira partiu lá da cozinha, anunciando:

— Chi! O canarinho!

Realmente, faltava o canarinho, mas como a minha intenção era — de há muito — soltá-lo, ordenei:

— Jogue o canário fora.

— No lixo, doutor?

— No lixo não, é claro. Abra a gaiola e deixe que ele saia.

Depois eu mesmo resolvi fazer a operação. Fui até a cozinha, apanhei a gaiola e voltei com ela para a varanda. O canarinho debatia-se contra as grades, sem entender que estava prestes a ganhar a liberdade. E foi abrir a porta e ele partir como um raio, rumo ao morro.

Jogo a gaiola no chão e fico debruçado no parapeito. Vou sentir falta desta varanda. Não é larga nem comprida, mas tem uma brisa honesta e proporciona uma fatia de morro das mais generosas. A moça do 302 começa a tocar (se é que se pode chamar isto de tocar) uma valsinha que Chopin não fez. Graças a Deus vou me livrar para sempre desses horríveis exercícios de piano. Estou a pensar nestas coisas, quando o menino do 202 grita pela janela:

— Cala a boca, Roberto Inglês!

Isso é o bastante para a moça do 302 começar a "Cumparsita". Todas as vezes que o garoto do andar de baixo mexe com ela, para se vingar, ela ataca o tango pelo lado errado, castigando doze andares e vinte e quatro condôminos.

Finalmente todos saem e preparo-me para trancar a porta, quando a empregada vem correndo:

— Doutor, o senhor ia esquecendo o busto da sua avó.

Isso, dito assim, soa como desaforo. Mas, o que ela traz na mão é a pequena estatueta onde estão esculpidos uma cara magra, uns olhos tristes e longos cabelos caídos sobre os ombros. Era o derradeiro objeto esquecido e ordeno-lhe que meta-o no saco da roupa suja, onde ainda há espaço suficiente.

Confesso que não é o lugar ideal e concordo que parece falta de respeito. Na verdade, porém, não se trata disso, como também não se trata de vovó. O que a empregada está metendo no saco é apenas um busto de Voltaire.

Em seguida, ela fecha o saco, eu fecho a porta e está terminada a mudança.

Manchete, 25/08/1956

Fazenda

Não há por que estranhar os "bons-dias" que vamos merecendo pelo caminho. A cada curva da estrada, alguém, prevenido pelo ronco do motor, já nos espera de chapéu na mão, parado ao largo para dar caminho. A pé ou a cavalo, os que cruzam conosco são todos unânimes em declarar "bom-dia".

Como se me fosse difícil notar isso. Claro que é bom dia. Pois se há um céu muito azul, se há uma brisa agradável que também cruza com o carro e que também nos saúda!

Mas isso é costume na região — explicam. Os mais velhos cumprimentam e as crianças pedem a bênção.

Ao primeiro garoto que, lá de cima de um barranco, me pede a bênção, respondo encabulado. Não estou acostumado com isso. É que — de tanto praguejar — cheguei a me esquecer de que posso abençoar também. E já que vim até aqui disposto a dar descanso ao corpo, posso aproveitar para desintoxicar um pouco a alma. Para tanto vou logo distribuindo bênção a tudo que é criança que aparece na estrada. Já estava até me sentindo um pouco sacerdote, quando me avisaram que estávamos chegando:

— Depois daquela curva pode-se ver o renque de palmeiras e a lagoa.

É para Capivari que estamos indo, velha fazenda de gado deste desconcertante estado do Rio, onde há um lugar assim, tão calmo e tão lindo, mas onde há também Niterói e Duque de Caxias.

Em breve passamos em revista as palmeiras, formadas em fila indiana, ao longo da entrada, como altíssimas e disciplinadas sentinelas da fazenda. E aqui estamos a desembarcar malas, respirando um cheiro bom de café, que vem lá de dentro do imenso sobrado, calado mas hospitaleiro, antigo mas de uma beleza arquitetônica digna de ser reclamada pelo patrimônio histórico.

Um longo banho frio, para esquecer carvão e humilhações sofridas na estrada de ferro e já estou novo em folha, descendo esta escada cujos degraus ressoam por dezenas e dezenas de quartos, olhando admirado para estes azulejos portugueses, para este aparelho de louça em que me servem. Café com broas de milho, quentinhas, é gosto deixado na infância lá no sítio do tio.

Pelo cair da tarde o melhor é ficar aqui nesta varanda, olhando os longes, ouvindo a conversa da gente simples que nasce, brinca, cresce, casa, tem filhos e morre num raio de alguns quilômetros sem nunca pensar sequer em sair daqui. Se pensa vai para nunca mais e é por isso talvez que os que ficam costumam dizer dos que foram:

— Se perdeu!

Que maior prova de bondade e carinho pode dar o povo deste lugar do que esta mania que todos têm de dizer tudo no diminutivo?

O gado que volta, pachorrento, calmo. Vem aos milhares lá da linha do horizonte em demanda do curral. Deitado na espreguiçadeira — peça que a decoração moderna inexplicavelmente aboliu — fico horas vendo passar boi.

Aquela vaca com ares de embaixatriz aposentada me chama a atenção. Seu andar ondulante pode, à primeira vista, parecer suspeito mas ela, sem dúvida, é uma vaca honesta. Atente-se, por exemplo, para a corrida que acaba de dar num bezerro abusado que vinha mamar em teta errada.

Lá vai ela, grave no caminhar, com aquele jeito respeitável que só as vacas têm. Penso — e sorrio a esta lembrança — que nenhum cronista mundano, com toda a sua prática, seria capaz de descrever a elegância desta vaca.

Escurece rápido aqui. Levanto-me feliz, na certeza de que amanhã poderei gozar do mesmo espetáculo. Entro para enfrentar a luz dos lampiões de querosene e já encontro a mesa posta para o jantar.

No centro da mesa há uma terrina fumegante onde adivinho o líquido louro de uma canja. Janto devagar, sem aquela pressa de quem vai ao cinema.

Para um homem da cidade o silêncio de uma fazenda é cheio de estranhos barulhos. Ouço um pio de ave, um mugido de boi, lá longe. Sempre, sempre o som dos grilos no jardim. E isso é bom, como é bom também saber que hoje vou dormir sem antes ter que ler nenhum jornal.

Manchete, 19/05/1956

"Dile que puede entrar"

Este que chegou há dias é o último mês do ano. Saibam todos os que perdem tempo a ler estas mal traçadas linhas que estamos a viver dezembro. Saibam todos — e façam saber seus próximos e parentes — que o ano está findando para nunca mais.

É preciso desejar boas-festas, é preciso fazer compras, dar presentes, receber outros tantos, querer mais intensamente, oferecer com mais prodigalidade, manter o sorriso e, acima de tudo, esquecer tristezas e saudades.

Façamos um esforço para lembrar e sermos lembrados, porque assim manda a tradição e é preciso respeitá-la. Enviemos cartões e telegramas de felicitações àqueles que amamos e também àqueles que — sabemos — não gostam de nós. O Correio, nesta época do ano, finge-se de eficiente e já lá tem impressos próprios para que desejemos coisas boas aos outros, nivelando a todos em nossos augúrios.

Depois então sim. Depois cada um poderá fazer votos a si mesmo de boas-festas e desejar o que quiser. Subindo na escala das idades, este há de querer um trenzinho elétrico, aquele uma bicicleta, o outro certa moça, mais além um quarto estará querendo ser deputado e o rico sonha com ser mais rico, preocupa-se com o desfecho de uma negociata, já sem olhos para a graça da moça, pernas para pedalar uma bicicleta e, muito menos, tempo para brincar com trenzinho.

Dos planos de cada um, pouquíssimos serão transformados em realidade. Alguns hão de abandoná-los por desleixo e a maioria, mal o ano que vem começar, não pensará mais neles, por pura desesperança.

O melhor, portanto, é não fazer planos. Desejar coisas, somente, eis o que convém, já que humano e acalentador.

De minha parte estou disposto a esquecer todas as tristezas e amarguras que o destino me proporcionou neste ano que finda. Ficarei somente com a lembrança do que me foi grato e bom. Nada de lembrar os que não puderam ultrapassar mais esta etapa, porque tenho a consciência tranquila de já ter devidamente chorado todos os que se foram. Na hora em que o ano novo romper, terei o meu pensamento voltado para os que ficaram comigo lutando pela vida.

Se oportunidade houver de ganhar dinheiro, que tenha eu forças bastante para fazer jus a ele — e isso, não movido por cobiça, mas por incontornável necessidade. Que Deus não me faça rico porque, salvo com o recurso da loteria, ao qual não recorro, não sei de outra desculpa plausível para dar aos amigos, quando desconfiarem de minha súbita riqueza.

Que possa eu, pois, fazer novamente o que venho fazendo através de todos estes anos, vivendo do meu trabalho, para poder pagar a quem devo. Sei que sobra pouco, é verdade, mas, se não deu para as viagens de há muito desejadas, serviu ao menos para umas poucas alegrias.

Que não me falte aquele picadinho dos sábados, que só a negra Mercedes sabe fazer; que não me falte o arroz com feijão e a cerveja — é muito importante a cerveja, meu Deus — como importante é manter em dia o ordenado de Mercedes.

Se não me for dado comparecer às grandes noites de gala, que fazer? Resta-me o melhor, afinal, que é esticar de vez em quando por aí, transformando em festa uma noite que poderia ser de sono.

E para os pequenos gostos pessoais, que me reste sensibilidade bastante para entretê-los, assim como bom comportamento para merecê-los. Que o perfume do sabonete, no banho da manhã, seja sempre ele benjoim; que haja um cigarro forte para depois do café; uma camisa limpa para vestir; um terno que pode não estar novo, mas que também não esteja amarrotado. Uma vez ou outra, acredito que não me fará mal um filme com uma dessas lollobrigidas que andam por aí, nem um uísque com gelo ou — digamos — uma valsa.

Nada de coisas impossíveis, apenas uma praia para janeiro, uma fantasia para fevereiro, um conhaque para junho, um livro para agosto e as mesmas vontades para dezembro. No mais, continuarei a manter certas esperanças inconfessáveis porém passíveis, e quanto, de acontecerem.

Assim, na noite de 31, certo que vencerei mais uma batalha, serei solene como um guerreiro. E quando aquela que certamente virá me abraçar disser que o ano novo chegou, citarei Bolívar, repetindo o que disse ao ser avisado de que o inimigo estava à porta:

— *"Dile que puede entrar!"*

Manchete, 05/12/1953

Momentos

Nos últimos anos vinha enfrentando aquele momento de pé, com um copo na mão. Achava mais fácil assim: o copo era o seu escudo, a sua proteção contra as possíveis tristezas que se abateriam sobre ele, caso parasse para pensar. Sorvendo o seu uísque, estaria enganando a melancolia que a data sempre lhe despertava e apto, como os outros, a festejar a passagem do ano. Dava abraços, sorria, desejava felicidades a todos os presentes e esquecia-se de si mesmo, em meio à alegria geral.

Agora não. Agora, sentado na poltrona, aguardava calmamente os relógios marcarem a meia-noite. Antes — é verdade — tentara outras maneiras. Estivera na rua, procurando a noite. Desistira, porém; o último dia do ano não dá direito à noite. O melhor mesmo era voltar para casa. Os lugares estão todos cheios demais. Qualquer bar é difícil, qualquer mesa é servida pelo pior garçom, qualquer bebida é quente, qualquer comida é fria. Depois, há os bêbados. Os piores bêbados são sempre os do último dia, todos bissextos, tristes e chatos com o seu lema de "alegria e diversão, custe o que custar".

Tudo isso somado dera-lhe tédio e resolvera voltar para casa. Por isso estava sentado na poltrona, quieto, fumando um cigarro, à espera de 1955, que devia chegar dentro de alguns minutos. Lentamente, as recordações do ano que findava vinham-lhe à mente. Fora padrinho de um casamento, de um lamentável casamento que se desfizera no mesmo ano. Na madrugada da véspera passava a ferro o fraque que lhe emprestaram para a cerimônia. De tudo restava um retrato numa gaveta:

"Será que eu devolvi o fraque?", pensou.

E pensou também nos planos que fizera para o ano que morria e não pode se furtar a um amargo sorriso. Saíra tudo tão diferente! Pouco perdera com isso, se a vida continuava e podia ouvir lá fora os que festejavam com antecipação suas escassas alegrias. Aos poucos, pôs-se a lembrar o amigo morto. O impacto da notícia, a surpresa. Depois, a pungente revelação: na hora do suicídio, o amigo pensara nele, deixara-lhe um bilhete de despedida. No entanto, nunca tivera uma palavra de carinho, nunca dera uma prova maior de amizade para com aquele que, ao morrer, pensara nele e o fizera mensageiro de um triste recado:

"Estou dando o meu até logo à vida. Deixo-te um abraço. Pede aos amigos menores que perdoem possíveis mal-entendidos que, de resto, já não importam."

Sempre que lia o bilhete ouvia a voz rouca do amigo morto. Aquilo, sem dúvida, fora o momento mais triste de 1954. Mesmo não sendo supersticioso, achou que não devia romper o ano pensando em coisas tristes. Mas, quais as alegres?

Pois não foi — ingrato — o momento em que ela deixou de dizer não? Depois o beijo — surpreendente, porque já não havia esperanças. O beijo e o resto, quando — de súbito — a vida parou. Depois, como acontece sempre, aquela certeza de que todo homem leva consigo um pouco de divindade.

No mais as trezentas e sessenta e cinco batalhas de todo ano. Na paz daqueles derradeiros minutos pensava que um ano é bem uma guerra que se vence à custa de muitas lutas, duras lutas, quando o importante é não desertar.

De repente, sentiu que a expectativa lá fora aumentava. Veio um silêncio absoluto, antes dos rojões, das sirenas, dos sinos, da gritaria geral. Lembrou-se de um verso de Fernando Pessoa: "Hora que sabe a já ter sido".

Esperou que terminasse a barulheira infernal com que saudavam o ano novo. E quando o último foguete explodiu no ar, quando o derradeiro sino repicou ao longe, jogou o cigarro fora e foi dormir.

Era preciso descansar. Ainda estava vivo; amanhã começaria uma nova guerra e ele, certamente, seria convocado.

Manchete, 08/01/1955

Ano-Bom

Felizmente somos assim, somos o lado bom da humanidade, a grande maioria, os de boa-fé. Baseado em nossa confiança no destino, em nossas sempre renovadas esperanças, é que o mundo ainda consegue funcionar regularmente, deixando-nos a doce certeza — embora nossos incontornáveis amargores — de que viver é bom e vale a pena. E nós, graças às três virtudes teologais, às quais nos dedicamos suavemente, sem sentir, amando a Deus sobre todas as coisas e ao próximo como a nós mesmos; graças a elas, achamos sinceramente que o ano que entra é o Ano-Bom, tal como aconteceu no dezembro que se foi e tal como acontecerá no dezembro que virá.

Todos com ar de novidade, olhares onde não se esconde a ansiedade pela noite de 31, vamos distribuindo os nossos melhores votos de felicidades:

— Boas entradas no Ano-Bom!
— Igualmente, para você e todos os seus.

E os dois que se reciprocaram tão belas entradas seguem os seus caminhos, cada qual para o seu lado, com um embrulho de presentes debaixo do braço e um mundo de planos na cabeça.

Ninguém duvida de que este, sim, é o Ano-Bom.
Pois se o outro não foi!
E mesmo que tivesse sido, já não interessa mais — passou. E como este é o que vamos viver, este é o bom. Ademais, se é justo que desejemos dias melhores para nós, nada impede àqueles que foram felizes de se desejarem dias mais venturosos ainda. Por isso, lá vamos todos, pródigos em boas intenções, distribuindo presentes para alguns, abraços para muitos e bons presságios para todos:
— Boas entradas de Ano-Bom!
— Igualmente, para você e para todos os seus.

A mocinha comprou uma gravata de listras, convencida pelo caixeiro de que o padrão era discreto. O rapaz levou o perfume que o contrabandista jurou que era verdadeiro. Senhoras, a cada compra feita, tiram uma lista da bolsa e riscam um nome. Homens de negócios se trocarão aquelas cestas imensas, cheias de papel, algumas frutas secas, outras não, e duas garrafas de vinho, se tanto. Ao nosso lado, no lotação, um senhor de cabeça branca trazia um embrulho grande, onde adivinhamos um brinquedo colorido. De vez em quando ele olhava para o embrulho e sorria, antegozando a alegria do neto.

No mais, os planos de cada um. Este vai juntar dinheiro, aquele acaricia a possibilidade de ter o seu longamente desejado automóvel. Há uma jovem que ainda não sabe com quem, mas que quer casar. Há um homem e o seu desejo, uma mulher e a sua esperança. Uma bicicleta para o menininho, boneca que diz "mamãe" para a garotinha; letra "O" para o funcionário; viagens para Maria; uma paróquia para o senhor vigário; um homem para Isabel — a sem pecados; Oswaldo não pensa noutra coisa; o diplomata quer Paris; o sambista um sucesso; a corista uma oportunidade; muitos candidatos vão querer a presidência; muitas mães querem filhos; muitos filhos querem um lar; há os que querem sossego; d. Odete, ao contrário, está louca pra badalar;

fulano finge não ter planos; por falta de imaginação, sujeitos que já têm, querem o que têm em dobro, e, na sua solidão, há um viúvo que só pensa na vizinha.

Todos se conhecem com maior ou menor grau de intimidade e, quando se encontram, saúdam-se:

— Boas entradas de Ano-Bom!

— Igualmente, para você e todos os seus.

Felizmente somos assim. Felizmente não paramos para meditar, ter a certeza de que este não é o Ano-Bom porque é um ano como outro qualquer e que, através de seus trezentos e sessenta e cinco dias, teremos que enfrentar os mesmos problemas, as mesmas tristezas e alegrias. Principalmente erraremos da mesma maneira e nos prometeremos não errar mais, esquecidos de nossos defeitos e virtudes, os defeitos e virtudes que carregaremos até o último ano, o último dia, a última hora, a hora de nossa morte... amém!

Mas não vamos nos negar esperanças, porque assim é que é humano; nem nos neguemos o arrependimento de nossos erros, embora, no ano novo, voltemos a errar da mesma forma, o que é mais humano ainda.

Recomeçar, pois — ou, pelo menos, o desejo sincero de recomeçar —, a cada nova etapa, com alento para não pensar que, tão pronto estejam cometidos todos os erros de sempre, um outro ano virá, um outro Ano-Bom, no qual entraremos arrependidos, a fazer planos para o futuro, quando tudo acontecerá outra vez.

Até lá, no entanto, teremos fé, esperança e caridade bastante para nos repetirmos mutuamente:

— Boas entradas de Ano-Bom!

— Igualmente, para você e todos os seus.

Manchete, 01/01/1955

O gavião da Candelária

Quem o descobriu foi um funcionário público. Não sabemos se federal ou municipal, mas, de qualquer maneira, um funcionário público desses pertencentes ao imenso quadro de servidores que passam o dia espiando pela janela da repartição, enquanto aguardam a hora de descer para o café.

Pois foi numa de suas longas meditações que o dito funcionário reparou no estranho pássaro empoleirado numa das torres laterais da Candelária. Aquilo era uma novidade para os seus olhos, acostumados ao ramerrão da paisagem: céu lá em cima, janelas em frente, carros lá embaixo — estacionados à esquerda e passando céleres à direita.

De repente o inesperado. A ave abre as asas, ganha altura e desce em voo picado, como uma bólide. A meio caminho, agarra-se a uma inocente pombinha que vinha no seu voo incerto rumo ao milho da calçada. Agarra-se a uma inocente pombinha e volta para a torre, donde há pouco partia.

— É um gavião! — berrou o funcionário.

E o grito de "é um gavião" ecoou pela repartição, pelas outras salas do prédio. Ganhou a rua e foi reboar numa redação de jornal.

— É um gavião!

Ora, nada mais justo que explorar a notícia. Afinal os redatores do jornal já estavam cansados de escrever sobre os falsos gaviões da classe dirigente. Aquele, pelo menos, era um gavião diferente, sem partido, sem negociatas, sem comissões de inquérito a levantar-lhe a vida pregressa. Tratava-se, afinal, de um gavião verdadeiro.

E começou a cobertura do Gavião da Candelária. Primeiro através do funcionário, seu descobridor. Depois os circunstantes e demais observadores, funcionários do prédio em frente que, sem querer, assumiam uma grande importância no caso, uma vez que — de suas janelas — viam o "inimigo" por um ângulo diferente.

Passada a fase dos palpites, as reportagens começaram a fase técnica. Naturalistas, pesquisadores e até um avicultor excêntrico, que tem a mania de criar aves de rapina, entraram com as suas declarações para o farto noticiário da imprensa; houve mesmo um repórter que, na sua ânsia de "furar" os colegas, andou à procura de um gavieiro, para conseguir sua opinião. Dizem que esse repórter ficou muito decepcionado quando lhe informaram que gavieiro é uma planta, não estando, portanto, em condições de dar entrevistas.

Mas a cobertura do Gavião da Candelária não ficaria só nisso, absolutamente. Era preciso organizar a "Milícia de Proteção aos Pombos da Candelária", coisa que nasceu num abrir e fechar de olhos. Ninguém poderá jamais reclamar para si a honra de ter sido o fundador de tal organização. Ela surgiu por si mesma, pela necessidade imperiosa de negar ao feio pássaro suas pombinhas matinais.

A milícia está lá na praça Pio X, vendo desolada a devastação de seus protegidos, os pobres pombinhos que, na sua inocência, nunca suspeitarão que precisam de proteção para essa coisa elementar entre os de sua espécie — voar.

Urgia, pois, novas providências, e formou-se uma outra sociedade, desta vez composta por verdadeiros e experimentados caçadores que, reunidos, passaram a trabalhar em equipe, sob o nome bélico de "Infantaria de Barragem ao Gavião Excomungado". Um novo IBGE, portanto.

Não estou querendo defender o Gavião. Não sou nenhum Capanema. Em princípio sou pelas pombas. Mas não posso me furtar a uma certa simpatia pelo Gavião da Candelária. Afinal de contas, trata-se de um gavião honesto, que come para viver e tem hábitos cristãos. Atente-se, por exemplo, para o fato dele se abrigar na torre da igreja, quando podia muito bem pousar nos edifícios da direita ou da esquerda, como o da Cexim ou do Banco do Brasil, que ficam ali pertinho e têm sido os poleiros preferidos pelos gaviões comuns.

Não, senhores. Não é possível sofismar: este é um gavião de classe, seja ele um *Rupornis magnirostris*, como querem alguns, ou um *Leucopternis lacernulatas*, como querem outros. E eu só posso lamentar o fato de haver uma milícia que, a estas horas, pode muito bem já tê-lo matado.

É pena. O Gavião da Candelária não merecia ser tão duramente castigado, ainda mais quando a gente vê outras espécies de gavião, como o *Amaral Peixotus Brasilienses*, ou o *Jangopterus Goulariatis*, ou ainda o *Coreolanus Vulgaris*, comendo alto, não somente na praça Pio X, mas em toda praça do Rio de Janeiro, cuíca do Brasil, sem que sofram castigo semelhante.

Manchete, 09/01/1954

"Deixa as águas rolar"

Maria, que tinha explicação para tudo, um dia me explicou seus olhos claros, diferentes dos das irmãs:

— Creio que eles são assim de tanto eu olhar para o mar.

Se uma explicação é aquilo que contenta, creio que Maria atingiu seu objetivo, pois essa foi a mais bela justificativa para olhos claros que ouvi em toda a minha vida. E até que ela não era assim tão enamorada do mar. Dava seu mergulhinho, é verdade, a maior parte do tempo, porém, passava na areia, de bruços, dourando a pele, coisa que a deixava ainda mais provocante. Como se não bastasse a sua simples presença para provocar a gente.

Mas... deixa isso pra lá. O importante, no momento, é recordar as desconcertantes explicações de Maria.

Coisas assim:

— Você me desculpou mesmo aquilo de ontem?

— Desculpei sim. Mas não sei se desculpei a você ou a mim mesma. É que eu também posso errar e, quando isso acontecer, seria injusto da sua parte não perdoar também. Aliás, o perdão só existe em função do pecado, uma coisa não teria sentido se não existisse a outra.

O diabo é que a sua capacidade de errar era bem maior do que a minha. Um dia perdi a paciência e fiz-me de definitivamente zangado, sem perceber que, com tal atitude, estava castigando a mim mesmo. Acrescente-se, ademais, que agi assim por puro egoísmo. O que Maria me fizera na véspera só era imperdoável porque eu jamais poderia fazer o mesmo. O que vem provar que a sua explicação para a eterna troca de desculpas entre os que se amam era plenamente satisfatória.

O fato é que, perdida Maria — a cheia de graça, pois a tinha no nome e no andar — perdi também o interesse em justificar as coisas. Deixei-as acontecer, simplesmente, ou, quando não dependiam de mim, limitava-me a observá-las. Preguiça mental, talvez, mas o que se há de fazer? Há tanta coisa para pensar e fazer e tanta para fazer sem pensar que as explicações, boas ou más, só servem para atrapalhar. E se isso já é uma explicação — ótimo; se é um erro, Deus há de me perdoar, sem que, para tanto, me obrigue às recíprocas exigidas por Maria.

Quanto aos motivos que me levaram a lembrar aquela que é hoje apenas assunto de crônica, são de ambiente ou predisposição. Afinal estou na mesma sala, na mesma data, tomando a mesma bebida e, por que não dizer, deitado no mesmo sofá. A música, que por um instante purificou-me de todos os males, também é a mesma.

Na vitrola que toca e que é a única coisa iluminada nesta sala, aumenta e diminui o som do piano de Rubinstein. Lentas agora, as notas graves envolvem tudo em mansidão e sossego. São como ondas numa praia sem fim, Maria da Graça costumava ouvir este trecho de olhos fechados e, invariavelmente, me obrigava a levantar para tocá-lo outra vez.

Quando a música parava a sua magia persistia. Como alguém

que estava às portas da morte e volta à vida e como que redescobre o amor pelas coisas elementares: o calor do sol, o gosto da água, o cheiro da chuva; assim ficávamos nós, participando do milagre.

Por que tudo isso me volta de súbito, não sei. Ou, mais precisamente: finjo não saber. De resto, já não importa mais. Ouço o chiado do disco da vitrola. Passado o instante de encantamento, volto ao presente e quase me surpreendo a justificar meus pensamentos. Felizmente o barulho na vitrola desvia a minha atenção e para ela me dirijo com a intenção de desligá-la.

Mas a sala está escura. Em vez de girar o botão da direita, giro o da esquerda, justamente aquele que liga o rádio. E o som da marchinha invade tudo.

— "Deixa as águas rolar" — aconselham as vozes dos cantores. É precisamente o que vou fazer. Simplifica tanto!

Tribuna da Imprensa, 12/10/1954

Um quadro

Até bem pouco caminhava de um lado para o outro. Depois sentou-se algum tempo e deixou-se ficar, respirando fundo a cada instante, em pleno estado de expectativa. Mas já agora levanta-se, vai ao bar e começa a preparar uma bebida. Mede a dose (forte) e atravessa a sala em direção à cozinha, em busca de gelo e água.

Faz tudo isso automaticamente, sem pensar. E volta a sentar-se no sofá da sala; desta vez de pernas cruzadas e copo na mão. Sorve um gole grande e desce-lhe pelo corpo uma dormência boa, uma quase carícia.

Nervoso? Não, não está nervoso. Apenas — é claro — este não é um momento qualquer.

Ao segundo copo está, por assim dizer, ouvindo o silêncio. Há barulhos que aumentam a quietude da noite: piano bem longe, assovio de alguém que passa, buzina numa esquina distante, latido de cachorro no morro, pio de ave, o mar.

As luzes estão apagadas e a claridade que vem de fora projeta-se contra a parede e ilumina o quadro.

É um velho quadro a óleo, representando um homem de meia-idade, com barbas grisalhas e basto bigode. Está há tanto tempo pendurado na parede que raramente repara nele. Um dia — faz muitos anos — perguntou quem era. Disseram-lhe que era o fundador da família, um antepassado perdido no tempo, que um pintor da época retratara sabe lá Deus por quantos patacos.

"Ele é o pai do pai do pai do pai do pai de meu pai", pensou.

Por que, na partilha dos bens, sobrara-lhe o quadro é coisa que não sabe explicar. Quando os irmãos se separaram e deixaram a casa que seria demolida, talvez tivesse apanhado o "velho dos bigodes" (que é como o chamavam os meninos) e metido em um dos caixotes.

Agora estava ali a fazer-lhe companhia, espiando-o com seus olhos mansos em nada diferentes dos de seus semelhantes, outros avós, de outras famílias, em outras molduras.

Seu olhar calmo, de uma meiguice que os homens de hoje esqueceram de conservar, quanta coisa já contemplou? Quantos dramas, comédias, gestos, atitudes, festas, velórios? Quantas famílias de sua família?

Por certo viu moças que feneceram, homens que já não são mais. Assistiu impávido a batizados e casamentos, beijos furtivos, formaturas. Na sua longa experiência de emoldurado provavelmente pouco se comoveu com as comemorações e os lamentos, fracassos ou júbilos dos que transitaram, através dos tempos, frente às muitas paredes em que o colocaram.

Em 1850 morava numa fazenda, casa do bisavô. Depois, ao findar o século, noutra fazenda, de terras menos pródigas, foi testemunha muda e permanente de um lento caso de morte.

"Meu avô", pensou o que esperava, dando mais um gole na bebida. Será que pressentira a chegada da morte? A saúde do velho esvaindo-se, apagando-se lentamente, como um chio. As intermináveis noites de apreensão, a tosse quebrando o silêncio, angustiando os que esperavam. Depois não foi preciso esperar mais. Depois mais nada.

Mais nada ou tudo outra vez, que um dos filhos levou consigo o "velho dos bigodes" para novas contemplações; de outras paredes para outros descendentes.

O telefone toca violentamente. O que aguarda a notícia salta para ele e com voz rouca atende:

— Seu filho já nasceu — informa a voz do outro lado. E acrescenta: — Tudo vai bem.

O homem volta sereno para o bar. Enche novamente o copo, agora a título de comemoração. Levanta-o à altura do peito, mas na hora de beber lembra-se do velho do quadro e saúda-o sem dizer qualquer palavra.

Não fosse o nervosismo de há pouco e também os uísques que tomara, seria capaz de jurar que o "velho dos bigodes" sorrira.

Manchete, 23/01/1954

As saudades de Teresa

Na correspondência que estava sobre a secretária e que eu fora abrindo sem olhar o endereço, havia uma carta que começava assim: "Meu querido Alberto". E foi por isso que parei a leitura. Aquela carta não era, positivamente, para mim. Querido ainda vá, embora eu hoje em dia esteja certo de que o sou por muito menos gente do que outrora imaginava, mas Alberto é que não pode ser. Pois se minha mãe escolheu-me para Sérgio muito antes do meu nascimento!

Espio o envelope e percebo o engano. Trata-se de um cavalheiro chamado Alberto Mendes, residente nesta mesma rua, porém no 125, quarto andar. Por que a carta veio parar aqui, descubro agora, consultando o catálogo de telefones: esta rua não tem 125, ainda que seja pródiga em quarto andar. O meu, por exemplo, é um quarto andar, do 105, todavia. O carteiro, com certeza, chegou ao fim da rua, percebeu que o endereço estava errado e tratou de se livrar do envelope da maneira mais fácil, entregando-o na portaria de um edifício de número parecido. O porteiro, por sua vez, leu quarto andar e não conversou: meteu o envelope por baixo da minha porta.

E aqui estou eu violando a correspondência do sr. Mendes sem ter culpa nenhuma. A prova de que esta não era a minha intenção está no fato de ter parado a leitura logo que dei pelo engano. Não nego, contudo, que está me dando uma vontade danada de saber o que Teresa mandou dizer. Está escrito aqui: "Remetente: Teresa Gusmão de Barros — rua São Paulo — Belo Horizonte". E nada teria vencido os meus escrúpulos se não me ocorresse uma desculpa. Afinal de contas, violar uma carta é abrir o envelope e ler o que está dentro dele. Não sou homem de fazer as coisas pela metade. Se já comecei, agora vou até o fim. Quem sabe se o Alberto Mendes vai ler esta crônica? Se assim for, estarei até prestando um serviço, pois o que Teresa mandou dizer jamais chegará ao seu conhecimento, caso eu devolva ao carteiro aquilo que ele mesmo me mandou, consciente de estar largando a bomba em outras mãos.

Saiba, Alberto, que ainda é querido, conforme ficou dito linhas acima, e saiba também que Teresa ainda espera. Se não vejamos: "Esta é a terceira vez que te escrevo na esperança de uma resposta que há mais de seis meses me negas".

Esse "me negas" aí, além de dar um final patético à frase, ainda está escrito com letra ligeiramente tremida, Alberto, o que, a meu ver, é uma prova da sinceridade de Teresa em aguardar ansiosa (o adjetivo é dela) uma carta tua. Pelo que vejo, ela aqui no Rio só se interessa por ti, uma vez que não pergunta por ninguém. Cita — isto sim — lugares. Quer saber se tens ido à praia do Arpoador, jogado bola, mergulhado nas ondas. Indaga também como vai o barzinho e pede, romântica: "Vai lá uma noite dessas e toma uma cuba-libre por mim".

Oh, as mulheres, hein, Alberto?

Vê só este trecho: "Eu penso que a ti talvez seja mais fácil pensar em mim, pois frequentas os mesmos lugares onde estivemos juntos, enquanto que eu, aqui em Belo Horizonte, só tenho de ti as recordações daí e o presente que me deste". A frase está confusa, sem dúvida, mas, se eu entendi o que ela quis dizer, tu também deves ter entendido.

Quanto ao presente, deduzo que é uma camisola. Acertei, Alberto? Se não é uma camisola, ou talvez um pijama, que presente será esse que ela bota sempre que vai dormir?

"Tão cedo, meu bem, não terei nova oportunidade de ver-te. Papai tem se queixado muito dos seus afazeres e não pensa em voltar ao Rio, a não ser no próximo verão." E Teresa diz que sente um aperto no coração, só em pensar que mal começa o inverno. Depois conta que as amigas estão todas curiosas de te conhecer e termina o parágrafo assim: "Oswaldo, de quem te falei na carta anterior, mexe muito comigo, dizendo que tu não existes".

E Teresa entra na parte final da carta implorando para que escrevas, Alberto. Manda muitos beijos, dos quais eu sou o portador involuntário, e confessa que a cada carta sem resposta duplica a sua saudade, terminando com um "da tua Teresa" e um postscriptum: "Escreve mesmo. Mais beijos".

Alberto, não te faças de rogado, Alberto. Escreve para a moça antes que seja tarde. Se tens mesmo interesse na Teresa, trata de responder ao seu apelo. É o conselho que te dá aquele que não tem nada com isso, mas que está muito intrigado com o tal Oswaldo, de quem ela te falou na carta anterior, mas de quem um dia evitará falar.

Manchete, 05/06/1954

Caixinha de música

Que Deus perdoe a todos aqueles que cometem a injustiça de achar que são fantasiosas as histórias que a gente escreve; que Deus os perdoe porque são absolutamente verídicos os momentos vividos pelo vosso humilde cronista e que aqui vão relatados.

Foi há dias, pela manhã, que fui surpreendido pelo pedido da garotinha: queria que eu trouxesse uma nova bonequinha com música. Bonequinha com música — fica desde já esclarecido — são essas caixinhas de música com uma bailarina de matéria plástica rodopiando por cima. É um brinquedo caríssimo e que as crianças estraçalham logo, com uma ferocidade de *center forward*.

Como a garotinha está com coqueluche, achei que seria justo fazer-lhe a vontade, mesmo porque este é o primeiro pedido sério que ela me faz, se excetuarmos os constantes apelos de pirulitos e kibons.

Assim, logo que deixei a redação, às cinco da tarde, tratei de espiar as vitrinas das lojas de brinquedos, em busca de uma caixinha de música mais em conta. E nessa peregrinação andei mais de uma hora, sem me decidir por esta ou aquela, já adivinhando o preço de cada uma, até que, vencido pelo cansaço, entrei numa casa que me pareceu mais modestinha.

Puro engano. O que havia de mais barato no gênero custava oitocentos cruzeiros, restando-me apenas remotas possibilidades de êxito, num pedido de desconto. Mesmo assim tentei. Disse que era um absurdo, que um brinquedo tão frágil devia custar a metade, usei enfim de todos os argumentos cabíveis, sem conseguir o abatimento de um centavo.

Depois foi a vez do caixeiro. Profissional consciencioso, foi-lhe fácil falar muito mais do que eu.

— O doutor compreende. Isto é uma pequena obra de arte e o preço mal paga o trabalho do artista. Veja que beleza de linhas, que sonoridade de música. E a mulherzinha que dança, doutor, é uma gracinha.

Pensei cá comigo que, realmente, as perninhas eram razoáveis, mas já ia dizer-lhe que existem mulheres verdadeiras por preço muito mais acessível, quando ele terminou a sua exposição com uma taxativa recusa:

— Sinto muito, doutor, mas não pode ser.

E eu, num gesto heroico, muito superior às minhas reais possibilidades, falei, num tom enérgico:

— Embrulhe!

Devidamente empacotada a caixinha de música, botei-a debaixo do braço, paguei com o dinheiro que no dia seguinte seria do dentista, e saí à cata de condução. Dobrei a esquina e parei na beira da calçada, no bolo de gente que esperava o sinal "abrir" para atravessar. Foi quando a caixinha começou a tocar.

Balancei furtivamente com o braço, na esperança de fazê-la parar e, longe disso, ela desembestou num frenético "Danúbio azul" que surpreendeu a todos que me rodeavam. Primeiro risinhos esparsos, depois gargalhadas sinceras que teriam me encabulado se eu, com muita presença de espírito, não ficasse também a olhar em volta, como quem procura saber donde vinha a valsinha.

Quando o sinal abriu, pulei na frente do bolo que se formara junto ao meio-fio e foi com alívio que notei, ao chegar na outra calçada, que a música parara. Felizmente acabara a corda e eu podia entrar sossegado na fila do lotação, sem passar por nenhum vexame.

Mas foi a fila engrossar e a caixinha começou outra vez. "O jeito é assoviar", pensei. E tratei de abafar o som com o meu assovio que, modéstia à parte, é até bastante afinado. Mesmo assim, o cavalheiro de óculos que estava à minha frente virou-se para trás com ares de incomodado, olhando-me de alto a baixo com inequívoca expressão de censura. Fiz-me de desentendido e continuei o quanto pude, apesar de não saber a segunda parte do "Danúbio azul" e ser obrigado a inventar uma, sem qualquer esperança de futuros direitos autorais. E já estava com ameaça de câimbra no lábio, quando despontou o lotação, no justo momento em que a música parou.

Entrei e fui sentar encolhido num banco onde se encontrava uma mocinha magrinha, porém não de todo desinteressante. Fiquei a fazer mil e um pedidos aos céus para que aquele maldito engenho não começasse outra vez a dar espetáculo. E tudo teria saído bem se, na altura do Flamengo, um camarada do primeiro banco não tocasse a campainha para o carro parar. Com o solavanco da freada, o embrulho sacudiu no meu colo e os acordes iniciais da valsa se fizeram ouvir, para espanto da mocinha não de todo desinteressante. Sorri-lhe o melhor dos meus sorrisos e ter-lhe-ia mesmo explicado o que se passava se ela, cansada talvez de passados galanteios, não tivesse me interpretado mal. Fez uma cara de desprezo, murmurou um raivoso "engraçadinho" e foi sentar-se no lugar que vagou.

Dali até a esquina de minha rua, fui o mais sonoro dos passageiros de lotação que registra a história da linha Estrada de Ferro-Leblon. O "Danúbio azul" foi bisado uma porção de vezes, só parando quando entrei no elevador. Já então sentia-me compensado de tudo. A surpresa que faria à garotinha me alegrava o bastante para esquecer as recentes desventuras.

Entrei em casa triunfante, de embrulho em riste a berrar:

— Adivinhe o que papai trouxe?

Rasguei o papel, tirei o presente e dei corda, enquanto ela, encantada, pulava em torno de mim. Mas até agora, passadas setenta e duas horas, a caixinha ainda não tocou.

Enguiçou.

Manchete, 31/07/1954

Momento no bar

Sentados nos tamboretes do bar, os quatro homens bebiam vagarosamente os seus uísques. Eram pingentes de bar e pareciam não ter outra preocupação na vida senão a de se embriagarem aos poucos. Nem sequer davam mostras de estarem interessados na companhia uns dos outros. Ali estavam eles, calados e tristes, cada qual entregue ao seu copo.

Foi quando o primeiro deles — saudosista — começou a cantarolar um samba de Ismael Silva:

Se você jurar que me tem amor,
eu posso me regenerar...

Todos, como que maravilhados por terem encontrado algo com que enganar a apatia reinante, passaram a cantar também. Depois, o que gostava de tudo disse para o saudosista que aquele samba era um dos mais lindos que conhecia. O outro concordou logo, acrescentando que os sambas antigos eram sempre mais lindos.

Isso bastou para que a discussão se formasse — antes mesmo de começarem a tomar outra dose de uísque.

— Nem sempre os sambas antigos são melhores — disse o terceiro dos homens sentados nos tamboretes, e que era, sem dúvida, um modernista. "Amélia" não é um samba antigo. Aliás, quase todos os sambas de Ataulfo Alves são bons e modernos. Como negar a beleza das melodias de Zé da Zilda, Monsueto, Haroldo Lobo, Wilson Batista, compositores que estão em plena atividade?

O saudosista então lembrou que nenhum dos citados poderia ser comparado a Noel. Parecia um argumento definitivo para todos, menos para o quarto pingente, que era o amante das frases feitas:

— Noel Rosa, o filósofo do samba, era um bom letrista, apenas.

O que gostava de tudo achou a frase bonita, mas o modernista, sem pensar nisso, lembrou os nomes de Ary Barroso e Dorival Caymmi.

— São ótimos. Vamos cantar um sambinha do Caymmi — propôs animado o que gostava de tudo.

E já estava tirando do bolso a sua caixa de fósforos para fazer a bateria, quando o saudosista rebateu com energia:

— Não me venham com mineiros e baianos que são todos falsos sambistas.

E nessa opinião, foi ajudado pelo das frases feitas, que sentenciou:

— O samba é um fenômeno altamente carioca.

— Isso mesmo — continuou o saudosista. — Dorival Caymmi é indefensável.

— Como um pênalti! — disse o que gostava de tudo, inclusive de futebol.

A discussão terminaria logo depois com a chegada de uma mulher de generoso decote, muito elegante e bela: predicados, aliás, exaltados pelos quatro homens dos tamboretes, que concordavam pela primeira vez. Vinha acompanhada por um líder trabalhista, o que não era de estranhar numa mulher como aquela que devia amar, acima dos homens, os latifúndios e o padrão-ouro.

Calados novamente os pingentes do bar voltaram aos seus uísques, cujas doses o barman acabara de reforçar. Aos poucos a beleza da dama recém-chegada foi se incorporando ao ambiente e logo voltou a reinar a apatia.

Mas o modernista reagiu. Deu um gole no líquido amarelo em que boiavam cubinhos de gelo, passou a manga do paletó pelos lábios e cantarolou:

Você sabe o que é ter um amor, meu senhor
E por ele quase morrer...

O que gostava de tudo quis logo saber quem era o autor dessa maravilha, e o saudosista informou com desprezo:

— É do Lupicínio, um gaúcho. Ele tem um outro samba que aconselha um rapaz a levar uma mulher de cabaré consigo, para construir o seu lar.

Ao ouvir tal coisa, o amante das frases feitas aproveitou a deixa e sapecou:

— O samba caminha a passos largos para o abismo do tango.

Nessa altura, o quinto homem sentado nos tamboretes — que era eu — resolveu ir dormir. Pagou a conta e saiu discretamente. Ao passar pela porta ainda pôde ouvir o início de um pungente "Mano a mano" cantado a quatro vozes. Finalmente os pingentes do bar chegavam onde queriam. "Mano a mano" é o derradeiro número — o prato de resistência — dos que têm a mania de cantar quando se embebedam.

Manchete, 07/08/1954

A filha do senhor embaixador

A primeira vez que vi a filha do senhor embaixador foi numa mesa de banquete. Ela fazia um estranho contraste entre aqueles velhotes soturnos de todas as embaixadas, metidos em smokings negros. Seu ar juvenil, seus longos cabelos louros, seu vestido branco eram a graça do banquete. Mas não me pareceu alegre a filha do senhor embaixador. Pelo contrário; parecia um pássaro conformado na sua gaiola. Sorria às vezes, é verdade, mas os pássaros tristes também cantam. Seu desembaraço, na conversa que mantinha com aqueles senhores que o serviço diplomático fez fúteis e sofisticados, devia fazer parte do protocolo a que são obrigados os que vivem em embaixadas. Pensei tudo isso na hora. Depois esqueci.

A segunda vez que vi a filha do senhor embaixador, ela estava aparentemente liberta da companhia de diplomatas, políticos, financistas, de todos aqueles enfim que o lugar-comum apelidou de altas personalidades. E não somente liberta deles, como de suas respectivas senhoras. Para ser franco, a segunda vez que vi a filha do senhor embaixador, ela estava na feira. Vi quando ela saltou do carro, mandou que o chofer fosse embora e caminhou displicente entre domésticas e suas sacolas. Então, parecia mais bela a filha do senhor embaixador. Seu sorriso mais comunicativo, quando pediu a faca ao homem da barraca e pôs-se a descascar laranjas, mordendo-as em seguida, deixando o caldo escorrer entre os seus dedos longos. Depois (imaginem se o pai dela sabe disso!) tomou o lotação e voltou para casa, ou mais precisamente, para a embaixada.

Tinha muitos apaixonados a filha do senhor embaixador. Soube disto na terceira vez em que a vi. Parece incrível mas, quem mais coisas sabia dela era o moço do bar. E quando ela foi embora me contou. Vinha todo fim de tarde, e como o garçom fosse o único conhecido seu, fora do mundo diplomático, gostava de conversar com ele. Entre o preparo de dois coquetéis, ia acumulando coisas sobre a filha do senhor embaixador, coisas que depois me contou. Tinha muitos apaixonados, como ficou dito, mas não parecia ligar a nenhum. Eram, em geral, rapazes grã-finos e ela quase não conseguia esconder a sua contrariedade quando algum deles a surpreendia no bar. Por isso talvez saísse sempre na hora em que eles começavam a chegar.

No mais, a filha do senhor embaixador bebia *bitter campari*, bebida que, contou ela ao garçom e este a mim, fazia-a recordar o sol da Itália, onde o pai servira quando ela ainda era uma menina. Bebia *bitter campari*, pois, e gostava de amendoim (um dia não resistiu e atirou um carocinho na careca de um velhote da mesa próxima), adorava gente do povo, queria um bem enorme à vida e — isto foi uma revelação surpreendente — sabia muitos sambas de cor, inclusive um inédito da Portela, que cantava sussurrando e marcando o compasso com os dedos, como fazem os sambistas.

Da quarta vez em diante confesso que provoquei os encontros com a filha do senhor embaixador. Com que deslumbramento ela se entregou às carícias da vida, com que amor amava as coisas amáveis! Gostava de vento no rosto, a filha do senhor embaixador, de vento no rosto e de chuva no mar. Foi com sinceridade que se inscreveu na imensa legião dos que comem milho verde, foi com a alegria de criança ante uma bola colorida que se deixou encantar pelos domingos de praia, com chope gelado, na hora do almoço. Quem melhor saberia ouvir vitrola? Longas e longas horas Armstrong tocou para ela. Armstrong e Jacob — o do bandolim de prata. Se não fosse um desrespeito ao Livro Santo, trocaria a história da maçã — fruta que sabia a nada — colocando uma manga nas mãos de Eva para tentar Adão. Incrível que pudesse ter passado vinte e cinco anos de sua vida sem conhecer o gosto das mangas. Principalmente da manga carlotinha, que chupava lambuzando-se toda, como os garotos antigos, que tinham direito a pomar.

Com que dor no coração a filha do senhor embaixador recebeu a notícia de que o pai passaria a embaixada no Rio a outro, indo representar o seu país numa capital centro-europeia! Seus desvelos para com as coisas singelas eram solenes, naquela sua última semana. Demorados como despedida de amantes.

A última vez que vi a filha do senhor embaixador foi num retrato que ela mesma mandou, junto à carta cheia de exclamações, escrita num incrível português. Há dois anos, quando o pai morreu, convenceu os parentes de voltar, sob o estranho pretexto de vir fazer um curso de cerâmica, no que — confessa na carta — é e será sempre analfabeta. Por enquanto está na Bahia, a filha do senhor embaixador. E pelo retrato se vê que está mais linda do que nunca, encantada com tudo aquilo que tanto custou a encontrar e que quase chegou a perder.

Manchete, 16/06/1956

Saudade

Tanto tempo sem reler teus versos, tantos anos vividos a ignorá-los, que me pergunto como foi possível que acontecesse assim.

Relembro a época em que tuas palavras me encantavam e tento o auxílio da memória para justificar os muitos dias, os muitos meses e anos que me separam dela.

Naturalmente que houve outros encantamentos — e outros desenganos também — tal como querem as tuas sempre humanas palavras. Tudo é justo e estava previsto, embora as ideias e os ideais que cada um traz em si mesmo, na idade em que é fácil ter esperanças. Então, teus versos eram lidos e relidos e transformados em sonho. Juntava-os ao ar, à água, à fé, ao feijão, aos pequenos gostos especiais de que nos munimos para a batalha.

Outros poetas foram lidos. Muitos, grandes como tu, deram-me alguns momentos de enlevo, purificação, amor, tal a beleza com que me falavam.

E houve também — que o sol nasceu pra todos — a poesia de episódios e fatos que cada um vai encontrando em seu caminho e que ficará para sempre na ignorância dos demais, posto que nós — pobres de nós — jamais saberíamos, como tu sabes, transmitir a nossa mensagem, em todo o seu esplendor poético, àqueles que porventura estiverem dispostos a nos escutar.

Tudo somado, porém, não deu, nesses dias, meses e anos, o prazer — doloroso, por vezes — que sentia ao ler os teus versos. Quanta beleza e quanta sordidez, quanta suavidade e quantos impactos, daqueles tempos para cá, poeta.

Mas veio a solidão da casa vazia. Veio uma necessidade imperiosa de distração, e só eu sei como me foi grato encontrar novamente o teu livro, numa prateleira da estante.

Aos poucos, uma a uma, todas as emoções foram ressurgindo; agora mais pungentes, por certo, já que traziam consigo a recordação de tempos idos e vividos.

Confesso que, nesta oportunidade, as coisas se tornavam confusas, muitas vezes a poesia se impondo à saudade, para logo no verso seguinte, a lembrança de certa namorada — a quem dediquei essas palavras como se fossem minhas — se fizesse maior que a beleza do teu poema.

Sim, poeta, não tem conta as vezes que fiz minhas as tuas imagens, que menti sem remorso, dizendo a uma delas que era à sua inspiração que devia as palavras que a encantavam.

Desculpa o atraso com que me confesso um plagiário e perdoa ao moço de vinte anos as suas leviandades. Afinal — eu sei — ele tentou honestamente ser um poeta também. Pelo menos para o gasto com as namoradas. Mas o verso veio quebrado, sem força, sem um vislumbre sequer do encantamento que encontrava e amava sinceramente nos teus. Tão sinceramente, poeta, que não tinha escrúpulos de dizê-los seus.

Ademais, as ingratas já nem se lembrarão mais de nós — de mim, dos teus poemas. Hão de estar tão esquecidas quanto eu estava — até bem poucos minutos.

No entanto, como seria lindo se, neste momento, do outro lado da distância que nos separa, movida talvez por igual sentimento de solidão, ou mesmo pelo simples anseio de fugir ao tédio, uma dessas antigas namoradas pegasse o teu livro na estante e começasse a lê-lo.

Quem sabe ela também não lembraria com emoção?

E depois, com um sorriso meigo, perdoaria a nós três; a mim, que a encantei com versos alheios; a ti, cuja poesia lhe deu saudades; e a ela mesma, que já foi tão ingênua a ponto de acreditar no namorado.

Manchete, 18/09/1954

O grande mistério

Há dias já que buscavam uma explicação para os odores esquisitos que vinham da sala de visitas. Primeiro houve um erro de interpretação: o quase imperceptível cheiro foi tomado como sendo de camarão. No dia em que as pessoas da casa notaram que a sala fedia, havia um suflê de camarão para o jantar. Daí...

Mas comeu-se o camarão, que inclusive foi elogiado pelas visitas, jogaram as sobras na lata do lixo e — coisa estranha — no dia seguinte a sala cheirava pior.

Talvez alguém não gostasse de camarão e, por cerimônia, embora isso não se use, jogasse a sua porção debaixo da mesa. Ventilada a hipótese, os empregados espiaram e encontraram apenas um pedaço de pão e uma boneca de perna quebrada, que Giselinha esquecera ali. E como ambos os achados eram inodoros, o mistério persistiu.

Os patrões chamaram a arrumadeira às falas. Que era um absurdo, que não podia continuar, que isso, que aquilo. Tachada de desleixada, a arrumadeira caprichou na limpeza. Varreu tudo, espanou, esfregou e... nada. Vinte e quatro horas depois, a coisa continuava. Se modificação houvera, fora para um cheiro mais ativo.

À noite, quando o dono da casa chegou, passou uma espinafração geral e, vítima da leitura dos jornais, que folheara no lotação, chegou até a citar a Constituição na defesa de seus interesses.

— Se eu pego empregadas para lavar, passar, limpar, cozinhar, arrumar e ama-secar, tenho o direito de exigir alguma coisa. Não pretendo que a sala de visitas seja um jasmineiro, mas feder também, não. Ou sai o cheiro ou saem os empregados.

Reunida na cozinha a criadagem confabulava. Os debates eram apaixonados, mas num ponto todos concordavam: ninguém tinha culpa. A sala estava um brinco; dava até gosto ver. Mas ver, somente, porque o cheiro era de morte.

Então alguém propôs encerar. Quem sabe uma passada de cera no assoalho não iria melhorar a situação?

— Isso mesmo — aprovou a maioria, satisfeita por ter encontrado uma fórmula capaz de combater o mal que ameaçava seu salário.

Pela manhã, ainda ninguém se levantara, e já a copeira e o chofer enceravam sofregamente, a quatro mãos. Quando os patrões desceram para o café, o assoalho brilhava. O cheiro da cera predominava, mas o misterioso odor, que há dias intrigava a todos, persistia, a uma respirada mais forte.

Apenas uma questão de tempo. Com o passar das horas, o cheiro da cera — como era normal — diminuía, enquanto o outro, o misterioso — estranhamente — aumentava. Pouco a pouco reinaria novamente, para desespero geral de empregados e empregadores.

A patroa, enfim, contrariando os seus hábitos, tomou uma atitude: desceu do alto do seu grã-finismo com as armas de que dispunha, e com tal espírito de sacrifício que resolveu gastar os seus perfumes. Quando ela anunciou que derramaria perfume francês no tapete, a arrumadeira comentou com a copeira:

— Madame apelou pra ignorância.

E salpicada que foi, a sala recendeu. A sorte estava lançada. Madame esbanjou suas essências com uma altivez digna de uma rainha a caminho do cadafalso. Seria o prestígio e a experiência de Carven, Patou, Fath, Schiaparelli, Balenciaga, Piguet e outros menores, contra a ignóbil catinga.

Na hora do jantar a alegria era geral. Não restavam dúvidas de que o cheiro enjoativo daquele coquetel de perfumes era impróprio para uma sala de visitas, mas ninguém poderia deixar de concordar que aquele era preferível ao outro, finalmente vencido.

Mas eis que o patrão, a horas mortas, acordou com sede. Levantou-se cauteloso, para não acordar ninguém, e desceu as escadas, rumo à geladeira. Ia ainda a meio caminho quando sentiu que o exército de perfumistas franceses fora derrotado. O barulho que fez daria para acordar um quarteirão, quanto mais os de casa, os pobres moradores daquela casa, despertados violentamente, e que não precisavam perguntar nada para perceberem o que se passava. Bastou respirar.

Hoje pela manhã, finalmente, após buscas desesperadas, uma das empregadas localizou o cheiro. Estava dentro de uma jarra, uma bela jarra, orgulho da família, pois tratava-se de peça raríssima, da dinastia Ming.

Apertada pelo interrogatório paterno, Giselinha confessou-se culpada e, na inocência dos seus três anos, prometeu não fazer mais.

Não fazer mais na jarra, é lógico.

Manchete, 02/10/1954

O bloqueio

Lembro-me perfeitamente dele. Ficava ali parado, fumando nervosamente. De minuto a minuto lançava um olhar súplice à janela do sétimo andar, no edifício em frente. Às vezes mudava de tática. Atravessava a rua e entrava no café para telefonar. O homem da charutaria permitia sempre, sem conter um sorriso irônico. Ele, porém, estava muito apaixonado para perceber essas sutilezas; pegava no telefone e discava o número com dedos trêmulos. Era, invariavelmente, um telefonema curto; demorava o tempo bastante para ela atender lá em cima, certificar-se de que era ele e bater-lhe com o fone no ouvido.

Não desistia, porém. Voltava para a esquina — era a esquina do Roxy — e continuava a fumar nervosamente e a lançar o olhar súplice de minuto a minuto.

Naquele tempo a guerra começava. A esquadra inglesa singrava os mares, na esperança de impedir a navegação dos navios inimigos. E como os jornais não falavam de outra coisa, comentando com riqueza de detalhes essas operações navais, nós não tivemos outro remédio — apelidamos o homem da esquina de Bloqueio.

Às vezes, tarde da noite, depois que a janela do sétimo andar escurecia, o Bloqueio se chegava para o bate-papo. E nós, estudantes em férias, puxávamos por ele, perguntando como ia a coisa, se já tinha progredido um pouco na sua conquista. A resposta, sendo sempre a mesma, não deixava de ser surpreendente, pois o homem achava, mesmo sem qualquer argumento favorável, que as coisas melhoravam para o seu lado. As coisas, aliás, só podiam melhorar mesmo para o lado do Bloqueio, já que não havia outro, tão unilateral era aquela paixão.

Um dia, nas vésperas do Natal, resolvemos ajudá-lo. Um de nós chegou-se e aconselhou a compra de um presente. O Bloqueio devia dar festas à sua amada.

Embora sem quase nada de seu, uma vez que até o emprego deixara para poder ficar mais tempo olhando a janela, o grande apaixonado, sabe lá Deus como, arranjou um dinheirinho; o bastante para um presente razoável.

Foi para a escolha que reuniu-se o conselho da turma. Os debates, no café, mantiveram-se acesos até altas horas. Por fim, ficou decidida a compra de uma camisola de lingerie. O Bloqueio, sem dúvida, devia presentear a dama de seus sonhos com algo íntimo, que definisse, de uma vez por todas, as suas inequívocas intenções.

E se assim ficou decidido, assim foi feito. No dia seguinte o Waldemar Pipoqueiro — que apesar do apelido negociava com amendoim — subia ao sétimo andar do edifício em frente. Levava, além do embrulho caprichado, contendo a camisola cor-de-rosa, de legítima lingerie, uma carta enorme, cujo texto nunca soubemos, que a tanto não chegou Bloqueio.

Cá embaixo, afora o par de olhos costumeiros, diversos outros estavam atentos para a janela, numa curiosidade justíssima. E ali ficamos nós todos, de nariz para cima, à espera.

Não demorou cinco minutos, aquela eternidade. Vimos

perfeitamente quando um braço de mulher atirou para a rua a carta, rasgada em mil pedacinhos. Os papéis miudinhos vieram caindo devagar, espalhados no espaço, lembrando o Fox Movietone, quando exibe cenas de parada militar.

Mas restava uma esperança. Aqueles pedaços de papel bem podiam ser a última reação de uma mulher honesta. Mal, porém, eu acabava a minha ponderação e a bela camisola desce lá de cima, embalada pelo vento. Vinha vazia, murcha, sem, ao menos, deixar antever as formas da mulher amada. E como se até a lingerie estivesse contribuindo para a completa desilusão do homem apaixonado, eis que a camisola fica presa no fio do bonde, esvoaçante, como a acenar um adeus definitivo para o pobre Bloqueio.

Nunca mais o vimos, depois daquele dia. Soubemos, por terceiros, que aceitara um lugar de vendedor, num laboratório farmacêutico. Fora para o Norte, vender umas pílulas que, segundo a bula, são um porrete para a gastralgia. E por lá casara-se; dizem até que com a filha encalhada do sócio principal de uma drogaria de tradição, no Recife.

Talvez eu nunca mais pensasse no Bloqueio, não fosse o encontro que tivemos, na semana passada. Foi ali mesmo, na esquina do Roxy. Ele gritou meu nome e caminhou para mim, apertando-me nos braços. Depois fez questão de apresentar-me à esposa, uma senhora simpática, gordota e baixinha, que saudou-me com sotaque pernambucano. Mas a sessão do cinema ia começar, e eu, de entrada na mão, despedi-me do casal. E da porta ainda pude ver — ou teria sido impressão minha? — o Bloqueio lançar um rápido, um medroso olhar para a janela do sétimo andar do edifício em frente. Depois sorriu. Um sorriso indecifrável, que tanto poderia ser de alívio, como poderia ser de saudade.

Manchete, 27/12/1952

Alta patente

Subi as escadas do Ministério da Fazenda e entrei, após passar pela fila de colunas, as únicas colunas do mundo que não sustentam coisa nenhuma, ao contrário do citado Ministério, que tem sustentado muita gente. Ainda a toda pressa, atravessei o saguão de entrada e olhei para o relógio que domina o andar térreo do horrendo edifício.

Faltavam pouco mais de dez minutos para as três e, ao verificar isso, senti-me realmente aliviado. Iria, enfim, livrar-me daquele maldito papel que desde a véspera vinha me tomando o tempo, tais as complicações impostas pelo serviço burocrático das repartições por onde peregrinei, na ânsia de provar que eu sou eu mesmo e, portanto, poderei, quando me der na veneta, usar do meu nome e dos direitos que minha profissão me proporciona.

Até então estava convencido de que não encontraria mais o expediente aberto mas, felizmente, ainda tinha dez minutos para ser atendido. O expediente, avisaram-me horas antes, encerra-se às três. Parei um instante, vi o guichê onde devia entregar o requerimento e para ele me dirigi.

— Boa tarde — disse eu, saudando o funcionário que estava do outro lado.

Mas o sujeito nem respondeu. Continuou conversando com a mocinha magra, pálida, de espinhas e, surpreendentemente, sem óculos. Com a paciência dos que enfrentam os serviços públicos, resolvi esperar que terminassem a conversa, coisa que só aconteceu após a mocinha ter garantido que o Fluminense não tem mais time que o Flamengo, opinião que mereceu irrestrita solidariedade por parte do funcionário.

Quando a mocinha já ia longe e ele cansara de admirar o seu remoto rebolado, virou-se para mim. Abri a boca para falar, mas o telefone tocou. A conversa demorou o bastante para que confessasse que não gostara do filme, que nunca mais vira Nancy, que ainda estava esperando o aumento sim senhor, que ninguém faz ele de palhaço, que é mentira de Adolfo, nunca fora com a cara de Sílvia — e mais uma longa despedida. Por fim, desligado o telefone, virou-se para mim:

— O que é que o senhor deseja?

— Entregar este papel — e mostrei.

— Sinto muito, mas o expediente está encerrado.

Protestei, disse que chegara ali dez minutos antes e ele, sem se dignar olhar para o relógio, foi inflexível: não atenderia mais ninguém e pronto. O homem — por trás do guichê — era malcriado e grosseiro. Cheguei a pensar em perguntar-lhe como foi que, sendo tão bravo assim, tinham lhe colocado numa gaiola tão pequena. Depois resolvi me conformar, à lembrança de que, no dia seguinte, teria que voltar com o requerimento e ele me atenderia com maior má vontade, ainda que isso parecesse difícil. Já ia me afastando quando chegou um senhor de cabelos grisalhos, com um papel igualzinho ao meu, na mão.

Somente para gozar o companheiro de desdita, fiquei observando. Vi quando o funcionário balançou a cabeça e vi quando o senhor grisalho franziu a testa e disse, com voz de comando:

— O senhor tem coragem de fazer uma recusa destas a um general?

A prova de que não tinha é que se desculpou todo, abriu o guichê e recebeu o papel, cheio de sorrisos e desculpas. Devolveu um talão de recibos e ficou ainda com um riso alvar dependurado nos lábios. Foi quando resolvi me valer daquele excelente militar que Deus me mandara. Apelei:

— Será que não podia aceitar o meu também?

O general parou, virou-se para o funcionário que me fuzilava com os olhos e disse que, se tinha aceitado o seu, poderia perfeitamente aceitar o meu também.

E assim foi feito. Pouco depois, eu e o general, meu protetor eventual e das Forças Armadas, ambos de talão na mão, passávamos de volta pelas inexplicáveis colunas, rumo à calçada.

Não queria deixar de agradecer-lhe a gentileza e, por isso, quebrei o silêncio, ao dizer:

— Obrigado, general. Se não fosse o senhor eu teria que voltar amanhã.

O general era, de fato, uma simpatia. Olhou-me com ar de bondade, explicou que tivera muito prazer e, antes de se afastar, pediu:

— Não me chame de general não, meu filho. Eu apenas perguntei àquele cretino se tinha coragem de fazer aquilo com um general, mas isso não quer dizer que eu seja um. Sou o dr. Gil de Almeida, médico das vias urinárias.

E me deu um cartãozinho, pra quando eu precisasse.

Manchete, 06/08/1955

A revolta de Almira

Aquela que era o orgulho, e até bem pouco tempo a despesa extra do vosso cronista, acaba de ser dizimada inapelavelmente. Falou mais alto o apetite. De nada valeram meses e meses a pagar crediários, a reclamar consertos, a eletrificar a cozinha. Almira, após aguentar um máximo, num louvável esforço de adaptação ao seu equipamento motorizado, acabou apelando pro heroísmo e, às margens do fogão, deu também o seu gritinho de "Independência ou Morte".

— Doutor, ou a gente dá um jeito naquilo ou eu morro "eletrocidada".

Expliquei-lhe que, no máximo, morreria eletrocutada e pedi maiores esclarecimentos. Almira, com a indignação daqueles que são vencidos pela indiferença das máquinas, mostrou-me a mão queimada por recente fagulha e exibiu-me cicatrizes de fagulhas anteriores. Era o acendedor elétrico. Prometi-lhe fósforos, os mesmos que, por sinal, têm escrito na caixa: "fósforos de segurança".

Com a promessa Almira ficou mais calma sem, contudo, parar com as reclamações. Avisou-me que nunca mais usaria o liquidificador, embora — faz tempo — eu o houvesse comprado de um sujeito que me garantiu ser o citado aparelho o que há de mais moderno e rápido numa cozinha.

Lembro-me da minha chegada triunfal em casa, sobraçando-o orgulhoso. Li as instruções anexas, expliquei tudo a Almira, e ela, que até hoje não me perdoou o susto causado pela frigideira de pirex, quando esta estalou ao ser pousada na pia, derramando ovos e manteiga pelo chão recém-esfregado, olhou para o liquidificador assim como quem olha para uma cadeira elétrica. Num último esforço para que os dois viessem a se entender, pedi-lhe um suco de frutas e fui pra dentro.

Ainda estava a desabotoar as calças, quando o grito de socorro partiu da cozinha e foi com as supracitadas na mão que acudi solícito para compreender que Almira ligara aquele negócio em alta velocidade sem ao menos tapar o bocal. O resultado foi desastroso para a imaculada limpeza de ladrilhos, paredes e teto. Havia suco de laranja escorrendo das prateleiras, um caroço de ameixa estava cravado na massa do pastel e o globo da luz estava coberto de uma pasta cremosa entre verde e rosa, o que me fez supor tratar-se de uma infeliz mistura de abacate e mamão.

Desse dia em diante, Almira passou a devotar um ódio de morte a qualquer aparelho elétrico, não querendo nem saber "pra que é que ele *não* servia". E, no entanto, a cozinha estava toda motorizada. Tinha geladeira, batedeira, acendedor, liquidificador, torradeira, todos os utensílios, enfim, movidos a eletricidade. Havia, inclusive, um aparelhinho de vidro, para fazer café, composto de duas partes: quando o café ficava pronto, passava da parte de baixo pra parte de cima. Essa geringonça tão moderna, Almira desprezava alegando que nunca vira, em toda a sua vida dedicada à culinária, aquela "mágica besta". Certa vez chegou a comentar, num rasgo de rara observação do panorama político:

— Café que passa de baixo para cima sem querer, só conheço o presidente da República.

Eis, portanto, que foram inúteis os esforços de modernização do cronista. Respeitando a sua indignação, mandei retirar da cozinha todos os aparelhos, com exceção da geladeira, com a qual Almira se dá amistosamente.

Essa medida, quero crer, deu alma nova à minha excelente cozinheira. Livre das aflições que lhe causavam tantos tubos e fios, voltou a cozinhar como nos áureos tempos. Até mesmo o panelão de barro — herança da fazenda de meu tio-avô — voltou a funcionar. E foi nele que, há dias, Almira cozinhou aquele magnífico ensopado, o mesmo que, através da história do Brasil, tem levado tanto lusitano de paladar apurado a render-se e perder-se pela boca.

Manchete, 27/08/1955

O afogado

Desde que fora morar naquela água-furtada que costumava colocar alpiste e milho picado no telhado da varanda. Às vezes uma laranja cortada ao meio, ou uma talhada de mamão. Sempre um pouco de água num pote de barro, para os passarinhos que fizera seus, cativos não de gaiolas, mas de seus favores.

Os pardais e rolinhas estavam em grande maioria e seriam absolutos, não fosse a presença de um ou outro tico-tico em trânsito. Estes últimos eram raros no bairro e apareciam esporadicamente. Mesmo assim pudera observar que os tico-ticos não têm essas preferências pelo fubá, como quer o chorinho.

E havia também o casal de sanhaços, assíduos bicadores da talhada de mamão. Deviam ser sanhaços, pois eram azuis e só comiam da fruta, muito alegres e barulhentos, a se beijarem no bico, felizes e ignorantes aos ditados dos homens.

Estava ele, pois, contente de sua varanda, na companhia dos pássaros. Na frente — em primeiro plano — as árvores altas e de folhagem abundante contrastavam com a grande faixa de mar, que era sua graças ao vizinho rico, também ofertante das árvores copadas. Senhor de muitas posses, o vizinho tão cedo não transformaria sua casa em edifício de apartamentos, permitindo ao homem a visão do mar e, justamente, no seu pedaço mais cheio de navios, que naquele horizonte é que os barcos surgiam e desapareciam sob o olhar do homem que, à tarde, fumando na varanda, sonhava com viagens e aventuras.

Mas voltemos aos sanhaços, que é deles esta história. O casal surgira um dia, ninguém sabe de onde. O homem — um pouco orgulhoso de si — achava que fora a talhada de mamão que os aproximara. O fato é que os sanhaços fizeram o seu ninho no alto da mangueira em frente, para satisfação do homem que, da sua varanda, acompanhou a construção, graveto por graveto.

Certa vez, tendo acordado já com o sol a queimar-lhe o rosto, levantou-se e, como fazia todas as manhãs, respirou fundo o ar que vinha do mar e foi olhar o verde das árvores, antes de vestir o calção e descer para a praia. Foi então que viu, na mangueira, um sanhaço que não era o habitual a cortejar a fêmea deitada no ninho. Seu nervosismo aumentou ao perceber que o sanhaço de todos os dias, tal como ele, observava a cena pousado no telhado, à espera talvez da fatia de mamão que já tardava em ser colocada no lugar costumeiro. E o pio sentido, pungente, que o pássaro soltou, ficou ainda ferindo os seus ouvidos, mesmo depois que ele levantou voo em direção ao mar.

O homem ficou olhando o sanhaço voar, num bater de asas violento, porque desesperado, seguindo sempre para os lados do oceano, como a buscar o horizonte longínquo que — sabia o homem — somente os navios venciam. E ali ficou por muito tempo, na esperança de ver regressar aquele que já não estava mais ao alcance dos seus olhos.

No passeio matinal pela areia, no dia seguinte, o homem encontrou, na beira da praia, um pássaro morto. Embora o azul das penas já não brilhasse como antes, embora o seu corpo estivesse inchado — o que é próprio dos afogados —, o homem teve a certeza de que aquele era o "seu" sanhaço. Mesmo enfrentando toda a imensidão do mar, mesmo tendo diante de si a implacabilidade de um céu infinito, o homem não duvidou um minuto sequer da coincidência de ser aquele pássaro morto o mesmo que, na véspera, voara desesperado em direção ao horizonte.

Por isso, ele teve ímpetos de levá-lo para casa, de colocá-lo no telhadinho da varanda, para que a fêmea sofresse o remorso de sua traição. Depois não. Depois pensou melhor e achou que não tinha o direito de fazer aquilo. Olhou para o mar, como a reprovar a sua indiscrição, trazendo para a praia o corpo daquele que confiara na imensidão das águas. Lembrou-se que prometera a si mesmo respeitar a liberdade dos "seus" passarinhos. Quando fora morar na água-furtada, propusera-se a dar-lhes de comer e dar-lhes de beber, somente. Não devia intervir nem na vida e, consequentemente, nem na morte daqueles que aceitavam a sua generosidade.

E assim, enquanto cavava na areia um buraco para enterrar o pássaro morto, arquitetava a única vingança que poderia tomar. Daquele dia em diante — que desculpassem os outros sanhaços do seu bairro — nunca mais colocaria a fatia de mamão no telhadinho da varanda.

Manchete, 13/12/1952

História triste

Velhinha assim como era, costumava espantar a todos, contando histórias tão lindas, dos tempos bons de sua mocidade. A gente se encantava com os casos, mas achava impossível que ela um dia tivesse sido jovem também.

Filhos seus jamais tivera. Perdeu a conta, porém, do número de filhos dos outros que fez um pouco seus, graças à extremada dedicação com que ajudava a criá-los, como a querer dar às crianças alheias todo o carinho que em vão reservara para as suas.

Lá em casa, quando apareceu, atendendo a um anúncio, já era bem velha. Não trazia referências, como convinha, mas seus longos e longos anos de experiências valiam muitíssimo mais do que uma simples convenção entre patroas. Além disso, sua cara gorda e boa tranquilizou a todos e, por isso, Umbelina ficou.

Não gostava de mar. Nascida e criada numa fazenda de Campos, tinha um medo do mar que não conseguia dissimular. Quando via os garotos botando roupa de banho, tentava sempre convencê-los de não ir à praia. Depois, quando sentia que eram inúteis os seus esforços, aconselhava:

— Mas cuidado com o mar, que aquilo é bicho traiçoeiro.

Somente alguns anos mais tarde soubemos que um dos muitos meninos que ela ajudou a educar morrera um dia afogado.

Umbelina não sabia ler, mas tinha um grande orgulho em ditar cartas pelos "seus" meninos. Nunca começou uma carta sem estas palavras: "Quem lhe escreve esta é um dos meninos que eu tomo conta".

Pelos outros escritos tinha o maior desprezo. Detestava jornais e livros, mesmo livros de receita, apesar de ser uma doceira de primeira ordem. Quando alguém lhe pedia a receita de um doce, ela respondia, sem zanga:

— Doce não se faz no papel. É na panela.

Mas se a pessoa insistia em saber quais os ingredientes usados e suas respectivas quantidades, ela explicava vagamente:

— Não sei não. Eu vou botando conforme o jeito dele no fogo. Se pede açúcar, eu ponho açúcar. Se pede baunilha, eu ponho baunilha.

Era mesmo difícil fazer doce assim, mas Umbelina não errava nunca.

À noite bordava uma interminável toalha para a festa de Nosso Senhor da Agonia que, segundo dizia, era a festa mais linda que jamais vira. Todos os anos escrevia para Campos avisando à professora pública, de quem fora a ama-seca, que não pudera ainda terminar a toalha, mas que, no ano seguinte, com a graça de Deus, ela lá estaria.

Mas não foi. A toalha acabou servindo de mortalha para a própria Umbelina.

No dia em que o mais jovem dos filhos regressou definitivamente do colégio, caiu doente. Seu corpo, afinal, começou a ceder ao peso de quase um século de lidas. Já não havia mais crianças em casa, porque se houvesse talvez Umbelina ainda aguentasse alguns anos.

Uma tarde, envergonhada de sua fraqueza, pediu o comparecimento de todos. Então, abriu os olhos, seus mansos olhos humildes, e olhou em torno, sorriu aquele sorriso profundamente meigo que se espalhava por toda a sua cara mulata, feliz por notar que não faltava ninguém. Não fez mais nenhum esforço.

No dia seguinte ela se foi para sempre, junto com a toalha que, pouco antes, acabara de bordar. A toalha de Nosso Senhor da Agonia, padroeiro daquela fazenda que a vira nascer noventa e três anos antes.

Manchete, 22/01/1955

São-João

Naquele tempo as férias de junho eram em junho mesmo e, por mais avacalhado que andasse o ensino, ninguém sonhava com a desorganização que se verifica hoje em dia.

Mas isso não vem ao caso. Em junho — no dia 15 de junho — os colégios fechavam, para alegria de nós todos, meninos de então, que já de há muito ansiávamos por aquele mês de liberdade plena, em que pesem os indefectíveis deveres que os professores passavam para a época das férias, deveres que, de resto, ninguém fazia.

Fazíamos, isto sim, balões e economia para a compra de fogos, os inocentes fogos que o luso sr. Ramalheda vendia por aí, numa concorrência séria à Fábrica Adrianino. O dinheiro nunca chegava para as estrelinhas, rodinhas, pistolas de sete lágrimas (lindo nome este — sete lágrimas), para os chuveiros de prata, os fósforos coloridos, os traques e outras misérias pirotécnicas. Era necessária, pois, a economia, e já em meados de maio, os tostões se acumulavam nos cofrinhos de barro, tão em moda naqueles tempos em que o mil-réis falava grosso e o câmbio era realmente livre.

Mas havia também os balões, e com eles uma série de coisas: estopa e breu para a bucha, gasolina ou querosene, arame para a boca, cola e papel, muito papel fino de cores variadas.

Era na loja de seu Armando, aquela mesma loja que, no resto do ano, tomava os nossos tostões em bolas de gude e de borracha, soldadinhos de chumbo, piões e fieiras, que se encontrava a maioria dos apetrechos para fazer balões.

Entrávamos com as moedas na mão, pedíamos o que queríamos e esperávamos que o próprio seu Armando ou a Julinha, a filha que ficara (a outra se fora, com um sírio de São Paulo, sem prever que, com a fuga, estava apenas passando para trás do balcão de outra firma), embrulhasse a encomenda. Depois é que perguntávamos quanto era. Com a resposta vinha a nossa declaração de que o dinheiro não chegava. Freguês e mercador iniciavam uma discussão sem maiores consequências e o primeiro acabava sempre ganhando.

Hoje que Armando D'Ambrósio & Filhos (Filhos era a Julinha) retiraram-se do negócio para todo o sempre, pode-se revelar a única maneira de conseguir um abatimento em sua loja. Acima de tudo era imprescindível que se mandasse embrulhar a mercadoria. Depois que ela estivesse bem embrulhada e amarrada, perguntava-se o preço e, ao sabê-lo, alegava-se que o dinheiro não dava.

Somente o fato de ter que desamarrar e desembrulhar, de ter que colocar todas as coisas encomendadas nos seus respectivos lugares, era o bastante para que fosse concedido um abatimento. É verdade que esse abatimento nunca devia passar de dez tostões, que era o preço-teto com que a família D'Ambrósio taxava a sua preguiça.

De posse do embrulho, corríamos para casa, ávidos de pôr mãos à obra. E dias inteiros passávamos a cortar papel, a colar, a armar, pondo um máximo de cuidado em cada uma das operações.

Eu era um mestre no balão "travesseiro", meu irmão um esteta do balão "caixa" e cada um dos outros garotos especialista num tipo diferente. Nunca — frise-se — o grupo perdeu tempo com balão comum, que estes não tinham graça. O divertido era fabricá-los de formas raras, como os já citados "travesseiro" e "caixa", e mais o "tangerina", o "estrela" ou o "charuto". Houve mesmo uma vez em que Pedro Cavalinho fez um balão "boneca" que, para desapontamento nosso, queimou antes de ultrapassar a altura de cinco metros, se tanto.

E quando chegava a noite fria de São-João, quando chegava o momento culminante da nossa alegria, já estava decidido em que quintal faríamos a festa, qual o primeiro balão a ser solto, quem teria o privilégio de acender as buchas, e outras providências necessárias à boa ordem de tudo.

Como era lindo ver aquelas luzes a tremeluzir, subindo, até perder-se entre as nuvens, e como era divertido também, depois que acabavam os nossos balões, tentar pegar os dos outros, que porventura caíam nas redondezas. Organizavam-se patrulhas, turmas de comandos para pegar ou, quando isso não fosse possível, tascar os balões que caíam. E a cada balão conquistado à fúria dos outros meninos, de outras patrulhas, de outros comandos, corríamos novamente ao quintal, para nova homenagem ao santo do dia.

Aquele que perguntar se, naquela época, já não existia lei proibindo soltar balões, responderei que sim, que existia. Só que, nesta terra, a negligência das autoridades é tão antiga quanto as leis. E se ele não acreditar, que vá até a janela, na noite de 24, e espie o céu. Não demorará muito para ver um balão igualzinho aos do nosso tempo. No entanto, a lei é a mesma e a negligência também. Só os meninos — infelizmente — já não somos mais nós.

Manchete, 20/06/1953

Continho

Quem tivera a ideia fora Valadão, por alcunha o "Papo Rico", quando da última reunião do Centro Cultural e Artístico Piabá. Em memorável discurso, cheio de citações em latim errado, conseguiu convencer a diretoria da necessidade da fundação do "Teatro Cultural Piabá", porque não era possível — dizia ele a balançar a papada que lhe garantiu o apelido — que uma cidade tão afeita às coisas de arte ainda não tivesse o seu teatro.

Piabá só era cidade para os de lá, que se orgulhavam do vilarejo, e quanto a coisas de arte, tinha o citado centro cultural e a biblioteca, composta de uma edição em brochura de *Mme. Bovary*, novinha em folha porque ninguém lia francês, e mais uns poucos volumes que os piabenses alfabetizados sabiam de cor tantas foram as vezes que os folhearam quando um sarampo, uma catapora ou mesmo uma comida mais pesada deixava-os de cama.

Contudo, a eloquência de "Papo Rico" foi bastante para pôr em brios os membros da diretoria e, somando ao seu, os votos do prefeito, do boticário e de seu Alfredo da Loja, venceu a parada que, de resto, só tivera um voto contra: o da professora, que ensinara os rudimentos da cultura geral na localidade e, por isso mesmo, sabia quão temerária era a ideia de se representar os clássicos num palco de Piabá.

Sim, porque seriam os clássicos. Soube disso a professora naquele mesmo dia quando, já pondo em execução o plano, esteve em sua casa o prefeito, pedindo uma "lista de clássicos" para que escolhessem na reunião seguinte aquele que teria a honra de inaugurar o teatro. Venceu Shakespeare. Uma tradução do *Hamlet* — que a maioria pronunciava "omelete" — veio da capital pelo reembolso postal e dali foram tiradas cópias à mão, na letra caprichada de seu Alfredo da Loja, talvez o primeiro, desde o autor, a repetir tão cansativa façanha sozinho e à pena de pato (seu Alfredo era conservador e jamais se adaptou às canetas, para as quais tinha sempre o mesmo adjetivo: famigeradas).

Para o príncipe escolheram Honorino, cuja memória assombrosa facilitaria as coisas; para o rei sobrou o próprio "Papo Rico" que, no papel de espetro, apareceria de máscara, o que disfarçaria o seu encabulamento; a rainha, graças a certas intimidades com o príncipe, em algumas cenas, ficou sendo a mulher de Honorino, que não gostou muito de passar — de uma hora para outra — de mulher à mãe do marido, mas, como a imposição viera de padre Gaspar ("já que tem de se abraçar, que seja com a mulher, para não dar o que falar"), não discutiu e tratou de aprender sua parte. Quanto a Horácio, seria personificado pelo filho de seu Alfredo. Motivo: o filho de seu Alfredo era xará do personagem. Ofélia, quando se soube que ficava doida no segundo ato, sobrou incontinente para Das Dores. Quem a conhecesse bem saberia por quê. O resto foi distribuído às pressas porque o aniversário do prefeito era no mês seguinte e a inauguração do Teatro Cultural Piabá devia coincidir com a data.

Os ensaios, embora já deixassem antever o primeiro fracasso do dramaturgo inglês, correram com grande entusiasmo do elenco. Só a professora continuava a recear pelo espetáculo e sentia calafrios cada vez que Honorino enguiçava no monólogo. Sua memória era realmente boa para certos poemas de Castro Alves, um ou outro trecho de Fagundes Varela, mas para o monólogo estava longe de ser a memória ideal.

Mas teatro amador é feito na base de muita força de vontade e não demorou para que todos se sentissem aptos para a grande aventura. A ribalta (seu Alfredo nunca chamou palco de palco, era sempre ribalta) foi armada no centro da praça e no dia em que o prefeito contava mais uma primavera, o povo piabense foi surpreendido com a novidade que, até então, fora um segredo guardado a sete chaves.

Com o coração pequenino, por amor a Shakespeare, a professora sentou-se no seu lugar e a coisa começou. O primeiro ato ia a meio, quando apareceu o espetro. A surpresa de Honorino, isto é, de Hamlet, seguiu-se à surpresa do povo ao ver aquele camarada de máscara, único "ator" que até então ninguém identificara.

Mas foi Valadão abrir a boca e foi alguém identificá-lo com o grito de "é o Papo Rico". Coisa que Valadão não admitia era chamá-lo pelo apelido. Ao ouvir o grito ainda estremeceu e aguentou o diálogo mas ao segundo grito, desta vez de "dá-lhe Papo Rico", não aguentou: tirou a máscara e xingou a mãe do que tomara a intimidade. Era o irmão de Hamlet que, ao ouvir o nome, largado assim para a sua própria genitora, esqueceu-se que o Rei era apenas um fantasma e tacou-lhe a mão na cara.

Para glória de Shakespeare e alívio da professora, o forró generalizou-se, desceu do palco para a plateia e a coisa terminou ali mesmo, com Ofélia às gargalhadas. Não fosse a Das Dores doidinha, doidinha, como mandava o papel.

Manchete, 08/10/1955

A janela de Marlene

Aquela senhora debruçada na quarta janela à esquerda deve estar pensando mal de mim. Estará, provavelmente, achando que eu sou um camarada que não tem outra coisa para fazer senão espiá-la daqui. Não faz mal, minha senhora, enquanto eu penso a mesma coisa de vós, sinto-me desculpado.

Fôsseis também cronista e estivésseis daí, como eu estou de cá, colhendo material, vossa crônica perderia para a minha. É que não vos sobra ângulo para observar a janela de Marlene e a janela de Marlene é um manancial de assunto, senhora minha. Se da quarta à esquerda podeis pensar mal de mim, podeis me ver escrevendo à máquina, almoçando o meu feijão, folheando um livro, nunca conseguireis ver-me — digamos — no meu banheiro. Perdoai, mas a culpa é da disposição dos cômodos e, se assim não fosse, seria pelo meu imperdoável pudor (digo imperdoável baseado em recentes estatísticas colhidas entre os membros da nova geração). Direis que homem no banheiro não é assunto de crônica. Talvez, minha senhora, talvez. Depende do homem, do banheiro, do cronista. Já a janela de Marlene, que daqui posso ver tão bem, quanta facilidade proporciona. Lá está ela a mostrar Marlene falando no telefone. Marlene só fala no telefone com as pernas estendidas no sofá. Às vezes, levanta uma delas e fica naquela posição que as artistas de cinema usam para calçar as meias. Não me lembro se levanta a perna direita ou a esquerda, o que, de resto, não importa, pois não tenho preferência por qualquer das pernas de Marlene. Ambas me conviriam.

Hoje, são quase dez horas da noite, Marlene já jantou, já leu revista, já fez as unhas e, no momento, atende ao vigésimo telefonema. Para vosso controle devo acrescentar que Marlene está balançando a cabeça. Sabeis o que isso significa? Pois significa que mais um dos muitos que pretendiam sair com ela esta noite vai tentar outros telefonemas, para outras Marlenes, até ficar convicto de que moças como Marlene não saem assim com um simples telefonema.

Direis que ela é uma mulher e, no fundo, talvez tereis alguma razão. Ela, de fato, às vezes é insensível ao apelo dos homens. Mas nem sempre. Com estes olhos, que a terra há de comer, já vi Marlene perdida de amor.

Como? Sim, exatamente. Perdida de amor. E se mais não conto é porque mais não deixa contar a minha proverbial discrição. Creio mesmo que é por causa dela que Marlene se deixa observar tão sem restrições, fingindo que não me vê. Desculpai mais uma vez, minha senhora, e compreendei a minha situação.

Não vos abespinheis por tão pouco. Serei mais rico de detalhes em outros episódios sobre Marlene. Direi que ela não gosta de bombons, apesar de recebê-los com marcante prodigalidade da parte de seus admiradores. Pobres deles que nunca saberão que quem os come é a gorda mucama, mulata velhusca e sem atrativos. Direi que um dos hábitos mais encantadores de Marlene é fazer ginástica na varandinha. Direi que Marlene guarda em seus cabelos longos e negros um indescritível encanto. Direi...

Ou por outra. Agora não direi coisa nenhuma porque ela acaba de voltar do banho envolta em sua toalha vermelha. Começou a se enxugar, minha senhora! Começou a se enxugar e a senhora aí da quarta à esquerda não tem ângulo para este espetáculo. Não insinueis isso, madame. Marlene não tem pernas finas. Nem braços magros. Um dia eu a descreverei na medida do possível, com um mínimo de imagens e um máximo de exatidão. Acreditais que é tudo fantasia minha e eu vos direi, no entanto, que para vê-la muita vez desperto e abro a janela pálido de espanto. E se mais não conto é porque, neste momento, Marlene apagou a luz. Boa noite, minha senhora. Que ao menos a senhora durma sossegada!

Manchete, 14/05/1955

Dolores

Estava fazendo tanto frio que nós desistimos. Cada um arrumou o que era seu e fomos saindo, cada um pro seu lado. Eu vinha tranquilo, certo de que seria uma noite calma, dormida longamente, como há muito tempo. Dormir esquecido de mim mesmo, sem sonhar, sem nenhuma preocupação. "Amanhã faz uma manhã linda, de sol, de azul e ar leve", pensei. E sorri à ideia de levar as crianças à praia. Quando o carro parou na porta do bar, o porteiro veio correndo: "A Dolores foi assassinada…" e seus olhos eram um misto de sangue e lágrimas. E acrescentou: "Eu juro". Mas não sabia explicar direito. A empregada viera à procura de Jean Pierre, o cantor, que era um grande amigo de Dolores. Dolores estava morta, mas tinham chamado assistência. Um outro, que ouvia, concordou: "A assistência e a polícia". Corri para um telefone e chamei Mister Eco. Atendeu com voz de sono, pedindo para não brincar com essas coisas. E se fosse verdade? "Passo aí, Mister. Vista-se, vamos até lá." Ninguém sabia direito se era verdade ou não, então o melhor era passar lá. Ele concordou, tomei outro táxi e, quando passei, ele já estava na porta, sério, pensando no pior. Entrou e ninguém falou. Eu só pensava que devia ter morrido mesmo, mas morta como? Por quem? Dolores nunca fez mal a ninguém, a não ser a ela mesma. Era assim. Não acreditava no perigo.

Por duas vezes acordara numa tenda de oxigênio. Numa dessas vezes eu estava presente. Lembro que abriu os olhos e perguntou, sorrindo: "Coração?". Todos em volta acenamos que sim. Ela dormiu de novo. O Mister pediu mais pressa ao chofer. Estava nervoso. A Bochechinha morrer assim. Não podia ser verdade. Tão alegre, ué! Fui lembrando Dolores, até ali. Sempre que a encontrava, já virava o rosto de lado, para o "cumprimento". Apertava sua bochecha e só então ela queria saber "qual era o lance". Seu jeito de falar e de cantar. Sempre rouca... mas sempre cantando. Naquela noite, no Clube da Chave, nós todos com um bruto sono, mas sem coragem para levantar da mesa. Dolores cantava ao piano "Sometimes I Feel Like a Motherless Child". Naquele tempo, estava apaixonada pelos *spirituals* e tirava todos ao piano. "Bochechinha, vamos embora!" Ela obedeceu, mas exigia um bife antes, num botequim qualquer. "Você sabe, Irmão? Eu vou me mandar daqui." Eu era "Irmão", e fraternalmente disse que não era preciso. Bobagem, outros amores viriam. Para animar disse uma besteira qualquer. Ela sorriu e não quis o bife: "Esta vaca era honesta. Morreu mas não se entregou" — e empurrou o prato. Paguei, saímos. Bochechinha foi dormir. Era muito assim. Dolores não gostava de dormir cedo. Mesmo depois de sofrer o primeiro enfarte. Depois do segundo é que se cuidou um pouquinho mais. Por pouco tempo, porém. Vida de artista, boêmia como ela só. Gostava era daquilo de ficar depois de tudo acabado, sentada no piano, cantando ou compondo. Às vezes era um violão vindo ninguém sabia de onde. Voltou a ser o que era, porque sua personalidade era impressionante. Nada mudou Dolores, nem depois que casou, nem depois de adotar a criancinha. Adorava a todos. Só se afastava de alguém quando sentia que estava prejudicando o amigo. Uma vez foi embora. Esteve no Uruguai, na Argentina, andou pelo Sul do país. Quando voltou e me viu, virou o rosto e comentou: "Engordei seis quilos. Estou mais Bochechinha ainda". Mas isto ela só disse depois que eu apertei. Mister Eco abre a boca, murmura qualquer coisa que eu não entendi. Perguntei o que era. Nem respondeu. Fiquei pensando na noite de quinta-feira passada. Não sei por que, de repente me deu vontade de ir ver a Bochechinha. Saí do restaurante e toquei para o bar. Quando entrei ela gritou do canto: "Salve, Irmão!". Não fui até sua mesa. Eram uns rapazes que eu não conheço. Sentei ao lado do piano. Em pouco ela veio e de lá, do microfone, explicou: "Já aprendi a canção do gringo". O gringo era Charles Aznavour e nós concordamos que sua mais bela canção era "Ay, mourir pour toi". Cantou como ela sabia cantar. Dolores era de um impressionante ecletismo e, com o mesmo sentimento, saía-se bem num samba ligeiro, num melódico americano ou numa canção francesa. Foi — durante muito tempo — a melhor crooner da noite carioca. Foi e será, porque não vai aparecer outra igual nunca mais. Na segunda parte engasgou na letra, solfejou e sorriu. Raul Mascarenhas estava no piano, Magé ponteava a guitarra. Talvez houvesse também um contrabaixo. Sei lá. Estava ficando bêbado. Levantei e acenei de longe. Ela, do microfone, apertou a própria bochecha, num até breve. Depois não vi mais. "É nesta rua", disse o Mister ao chofer. O carro manobrou e parou na porta do prédio. Havia um carro da polícia na porta. Nós nos entreolhamos, mas ainda aí ninguém disse nada. O ator Jorge Dória estava na porta. Não sabia de nada, mas morava no prédio e abriu a porta. Entramos os três, subimos calados e, quando a porta do elevador se abriu, havia moças chorando no corredor. Gigi — o do Bacará —, Mário — o do Little Club — olhavam-nos espantados. Foi Gigi quem confirmou: Era verdade sim. A Bochechinha chegara às seis da manhã, dissera à empregada para acordá-la somente na hora de ir trabalhar. Não fora assassinada. Ninguém mataria Dolores, fui pensando de novo. Mister Eco voltou para o elevador, chorando. Entrei na sala. Só o comissário falava. Queria saber como tinha sido até as seis. Marisa — a gata mansa — explicava baixinho. "E depois fomos ao Kilt, onde tomamos mais um para ir dormir." O comissário não sabia o que era Kilt. "Um bar" — expliquei — e vi que todos me olhavam. Marisa calou-se e eu soletrei: "K-I-L-T". O comissário era um velho conhecido. Agradeceu. Perguntei detalhes. Não havia. Morrera do coração. Um colapso, talvez. Pelo jeito morrera aí pelas onze da manhã. A empregada só entrara no quarto às dez da noite. E eu entrava agora. "Quer ver o rosto?" Fiz que sim com a cabeça e alguém levantou o lençol. Dolores dormia com as duas mãos entre o travesseiro e a cabeça. Não sabia de nada, porque sorria. Não sabia também que, desta vez, não poderia abrir os olhos e perguntar: "Coração?".

Canário-belga

Já houve um tempo em que fui menino (a gente sempre acha que os outros nunca foram tão meninos quanto nós) e é por isso que afirmo: nessa coisa de criar passarinhos ninguém foi mais menino do que eu. Passava o dia todo perseguindo coleiros, saíras, bicos-de-lacre, canários e até pardais, quando não havia coisa melhor.

Em casa mantinha um viveiro, grande, cheio de passarinhos, os mais variados passarinhos que eu mesmo tratava, perdendo horas e horas a dar alpiste, a mudar a água e quantas providências mais são necessárias em tais operações. Que não se deixasse os canários sem fubá, nem os periquitos sem milho picado, ou os sabiás sem a talhada de laranja.

Depois a mania passou, como passaram as manias da bola de gude, das figurinhas, dos jogos de botão e, mais tarde, das festinhas e das namoradas. Um dia — só Deus sabe por quê — achei que era maldade manter todos aqueles passarinhos presos, e soltei tudo. Abri o viveiro e deixei que saíssem, simplesmente. Fui muito elogiado pela família por causa disso e fiquei muito comovido com a volta de um coleiro, o único que não fez questão de ganhar aquela liberdade que eu, espontaneamente, lhe ofereci.

Deixei-o solitário no viveiro e lá ficou ele, muito contente da vida, a gozar sossegado da sombra, da água fresca e do alpiste seu de cada dia, até que Deus o chamou para o céu dos passarinhos.

Daí para cá, nunca mais tive nenhum bicho sob a minha custódia, a não ser Arquibaldo — cachorro vadio — que mordeu a canela da filha de d. Jandira e foi, por castigo, parar no sítio de um amigo, em Jacarepaguá. Pobre Arquibaldo, foste tu, afinal, que, com a tua dentada, me chamaste a atenção para as pernas da filha de d. Jandira. Hoje, querido Arquibaldo, companheiro de tantas travessuras, hoje que também tu, tal como o coleirinho, já não pertences mais à vida terrena, confesso-te encabulado que a filha de d. Jandira — anos depois — nos perdoou sobejamente.

No setor dos bichos, fiquei por aí. Agora, tanto tempo passado, mandam-me este canário-belga. Antes nunca tivera um canário-belga. E alguém, achando talvez que isso fosse um vazio em minha vida, faz-me presente deste, que aqui está, pulando de um poleiro para o outro, sem ligar a mínima importância ao seu novo dono.

Enviam-me ainda esta carta cheia de erudição sobre canários-belgas. Só comem alpiste e alface — diz a carta. E assim mesmo, alface escolhida, bem novinha e tenra. Gostam de ser cortejados e umas pancadinhas na grade da gaiola, de vez em quando, são motivo de grande alegria. Uma pedrinha lisa amarrada à gaiola também é importante, porque os canários-belgas têm necessidade constante de afiar o bico. Uma vez por mês, pelo menos, deve-se cortar-lhes as unhas. Os canários-belgas — explica o missivista — vivem preocupados com a toalete, a ponto de morrerem quando não são devidamente cuidados.

Fico sabendo também que não voam direito. Acostumados, desde que nascem, a viver em gaiola, jamais poderiam estar em liberdade, mesmo porque, se não houvesse alguém para tratar deles, morreriam de fome, ainda que soltos.

Acabo de tomar conhecimento de todas essas sutilezas e espio para o meu canário. Embora sem qualquer semelhança física, conheço uma porção de gente que se parece com ele, pelo menos na maneira de viver. Será que todos os canários-belgas são assim? Ou este é um caso especial? De qualquer forma, estou desconfiado de que me deram de presente um dos dez canários mais elegantes da Bélgica.

Manchete, 19/02/1955

História de um nome

No capítulo dos nomes difíceis tem acontecido coisas das mais pitorescas. Ou é um camarada chamado Mimoso, que tem físico de mastodonte, ou é um sujeito fraquinho e insignificante chamado Hércules. Os nomes difíceis, principalmente os nomes tirados de adjetivos condizentes com seus portadores, são raríssimos, e é por isso que minha avó — a paterna — dizia:

— Gente honesta, se for homem deve ser José, se for mulher, deve ser Maria!

É verdade que vovó não tinha nada contra os joões, paulos, mários, odetes e — vá lá — fidélis. A sua implicância era, sobretudo, com nomes inventados, comemorativos de um acontecimento qualquer, como era o caso, muito citado por ela, de uma tal d. Holofotina, batizada no dia em que inauguraram a luz elétrica na rua em que a família morava.

Acrescente-se também que vovó não mantinha relações com pessoas de nomes tirados metade da mãe e metade do pai. Jamais perdoou a um velho amigo seu — o seu Wagner — porque se casara com uma senhora chamada Emília, muito respeitável, aliás, mas que tivera o mau gosto de convencer o marido de batizar o primeiro filho com o nome leguminoso de Wagem — "wag" de Wagner e "em" de Emília. É verdade que a vagem comum, crua ou ensopada, será sempre com "v", enquanto o filho de seu Wagner herdara o "w" do pai. Mas isso não tinha nenhuma importância: a consoante não era um detalhe bastante forte para impedir o risinho gozador de todos aqueles que eram apresentados ao menino Wagem.

Mas deixemos de lado as birras de minha avó — velhinha que Deus tenha, em Sua santa glória — e passemos ao estranho caso da família Veiga, que morava pertinho de nossa casa, em tempos idos.

Seu Veiga, amante de boa leitura e cuja cachaça era colecionar livros, embora colecionasse também filhos, talvez com a mesma paixão, levou sua mania ao extremo de batizar os rebentos com nomes que tivessem relação com livros. Assim, o mais velho chamou-se Prefácio da Veiga; o segundo, Prólogo; o terceiro, Índice e, sucessivamente foram nascendo o Tomo, o Capítulo e, por fim, Epílogo da Veiga, caçula do casal.

Lembro-me bem dos filhos de seu Veiga, todos excelentes rapazes, principalmente o Capítulo, sujeito prendado na confecção de balões e papagaios. Até hoje (é verdade que não tenho me dedicado muito na busca) não encontrei ninguém que fizesse um papagaio tão bem como Capítulo. Nem balões. Tomo era um bom extrema-direita e Prefácio pegou o vício do pai — vivia comprando livros. Era, aliás, o filho querido de seu Veiga, pai extremoso, que não admitia piadas. Não tinha o menor senso de humor. Certa vez ficou mesmo de relações estremecidas com meu pai, por causa de uma brincadeira. Seu Veiga ia passando pela nossa porta, levando a família para o banho de mar. Iam todos armados de barracas de praia, toalhas etc. Papai estava na janela e, ao saudá-lo, fez a graça:

— Vai levar a biblioteca para o banho?

Seu Veiga ficou queimado durante muito tempo.

D. Odete — por alcunha "A Estante" —, mãe dos meninos, sofria o desgosto de ter tantos filhos homens e não ter uma menina "para me fazer companhia" — como costumava dizer. Acreditava, inclusive, que aquilo era castigo de Deus, por causa da ideia do marido de botar aqueles nomes nos garotos. Por isso, fez uma promessa: se ainda tivesse uma menina, havia de chamá-la Maria.

As esperanças já estavam quase perdidas. Epilogozinho já tinha oito anos, quando a vontade de d. Odete tornou-se uma bela realidade, pesando cinco quilos e mamando uma enormidade. Os vizinhos comentaram que seu Veiga não gostou, ainda que se conformasse, com a vinda de mais um herdeiro, só porque já lhe faltavam palavras relacionadas a livros para denominar a criança.

Só meses depois, na hora do batizado, o pai foi informado da antiga promessa. Ficou furioso com a mulher, esbravejou, bufou, mas — bom católico — acabou concordando em parte. E assim, em vez de receber somente o nome suave de Maria, a garotinha foi registrada, no livro da paróquia, após a cerimônia batismal, como Errata Maria da Veiga.

Estava cumprida a promessa de d. Odete, estava de pé a mania de seu Veiga.

Manchete, 04/12/1954

Papelada

Noutros tempos, quando não havia ainda esta carência de espaço, quando o mundo ainda não sonhava conhecer uma quitinete e as casas tinham um jardim e não uma jardineira, um quintal e não uma área interna, noutros tempos — repito — uma família dormia sobre um porão ou sob um sótão, dependências da casa que o correr dos dias transformava em museu.

Para o porão, ou para o sótão, iam as coisas imprestáveis, como cadeiras de pé quebrado, poltronas sem molas, livros desfolhados, chapéus fora de moda, ternos apertados, maços de cartas, álbuns de retratos, tudo enfim que os moradores não tiveram desprendimento bastante para atirar no lixo.

Nós, os que moramos em apartamento, não podemos nos dar ao luxo de um museu particular. No máximo temos a nossa gaveta, a nossa caixa de charão ou, quando o desprendimento é menor, o nosso armário de coisas velhas. Cá o cronista, sem nenhuma intenção de colecionar suvenires, foi fazendo de uma gaveta de sua mesa de trabalho o depósito de tudo aquilo que, de momento, não achava conveniente jogar fora. Hoje, ao abrir essa gaveta, resolvi dar uma espiada e encontrei coisas que nunca supus ter guardado.

Penso que todo mundo deve ter uma gaveta como esta. A minha não é diferente da dos outros, embora cada um de nós seja a única pessoa capaz de poder explicar o motivo pelo qual guardou este papel ou aquele objeto.

Estes dois papéis, por exemplo, são respectivamente contas do alfaiate e do conserto da vitrola; neles foram passados os recibos e, como alfaiate e eletricista não inspiravam confiança, guardei-os para evitar futuras cobranças indevidas. Esta carta é daquela moça pálida que acabou voltando mesmo para Santa Catarina sem que nos acontecesse nada. Estava na gaveta para que eu respondesse, o que não me animei nunca a fazer: se quando a moça estava no Rio não aconteceu nada, agora, que milhares de quilômetros nos separam, é que vai ser difícil. Isto é o convite para o casamento de um amigo cuja filha fez um ano em março. Já este outro, ainda que em forma de bilhete, não deixa de ser um convite também. Fala de uma saudade provavelmente fingida e termina: "Espero-te às oito no lugar de sempre". Infelizmente não poderei ir; esquecido que sou já nem me lembro onde fica o lugar de sempre. Este retrato é do nosso time. Eu era o *keeper*, mais por preguiça do que por vocação. Afinal o *keeper* é o único jogador que não corre atrás da bola. Isto aqui são apontamentos para uma reportagem que já perdeu a atualidade. Quanto aos envelopes, são todos do banco, avisando que o título venceu. Recebia-os aos montes, no tempo em que andava por baixo, e fiz misérias para pagar os juros.

O outro retrato, cuja nitidez já se faz escassa, é de Blanche. Seu sorriso deve ter mudado, mas a dedicatória é a mesma e, agora, parece mais linda do que no dia em que ela a escreveu. Ó pérfida Blanche, de longos cabelos dourados, andar de corça e olhos profundos, responsáveis por uns versos que um dia cometi e que — meu Deus! — talvez estejam aqui, nesta gaveta; ó fria e incontentável Blanche, que recitava Verlaine e fumava Pall Mall, ó mulher de muitos homens e de nenhum, a quem enganas agora? A quem finges dedicar teus carinhos que, na verdade, guardas para ninguém? Em que terras, com que palavras? Tu, mulher sem fronteiras, que passaste ainda além da Taprobana, será que te lembras de mim? Deste retrato? Desta dedicatória? Chamaste-me "meu Sérgio" e depois partiste. Não fui nem teu Sérgio nem teu porto.

Por baixo do retrato de Blanche, do lindo sorriso de Blanche, por baixo do olhar de Blanche... não importa. Eu não devia é ter mexido nesta gaveta.

Manchete, 15/10/1955

"Todos os filhos de Deus têm asas"

Mário de Tal, vulgo "Pé na Tábua", considerado pela maioria como inimigo público, mas fichado na Inspetoria de Trânsito como motorista profissional, saiu do café mastigando um palito, entrou no lotação que deixara à porta de motor ligado, olhou os passageiros que esperavam resignadamente o início da viagem e, com o ar superior dos que comandam, atirou o palito pela janela e pôs o carro em movimento.

Mário de Tal, vulgo "Pé na Tábua", ganhando pouco mas correndo muito, na esperança de fazer mais uma viagem e receber mais uns trocados, ia em demanda do centro, "Via Túnel Novo".

"Pé na Tábua", na altura do Lido, xingara a mãe de um colega que lhe fechara a frente, na ânsia de disputar-lhe o passageiro. O palavrão que resultou da fechada saiu sonoro, isolado, indiscutível, o que nos leva a considerar que, pelo menos as senhoras bem-nascidas, devem seguir o conselho do aviso e "não falar com o motorista".

Mário de Tal, vulgo "Pé na Tábua", não ficou só nisso não. Ao entrar na Princesa Isabel, fê-lo com o sinal fechado, quase atropelando um senhor gordo e lento, que, apesar dos pesares, correu a bom correr. Parecia que Mário de Tal, lá no seu íntimo, lamentava o fato do homem gordo ter escapado às rodas do lotação, castigo que bem merecia por confiar ingênuo num sinal de trânsito favorável.

Mário de Tal, mesmo sob os protestos de um cavalheiro do terceiro banco, entrou na contramão diversas vezes, assim como tocou a buzina em frente ao hospital e não diminuiu a velocidade quando passou em frente ao colégio. Parou em cima da faixa, recolheu passageiros sem encostar no meio-fio e acenou com intimidade para o guarda que encontrou em seu acidentado itinerário.

Depois que olhou para trás a fim de verificar se já ia lotado, operação que executou sem diminuir sequer a marcha, Mário de Tal redobrou seus malabarismos de caubói do asfalto e tornou-se mais "Pé na Tábua" do que nunca. Não havia mais lugar no carro, logo também não havia motivo para continuar a oitenta por hora, como pediam as tabuletas pregadas nos postes ao longo da pista.

Mas, de repente — e ninguém diria que um camarada com aquela autossuficiência pudesse fazer uma coisa assim —, Mário de Tal, vulgo "Pé na Tábua", deu uma travada violenta, os passageiros foram atirados uns contra os outros, o carro derrapa, um segundo golpe de direção é tentado em vão e os gritos assustados das mulheres confundem-se com o barulho do choque do lotação com o muro.

Pronto! Agora terá que indenizar a companhia pelo estrago, agora terá que discutir e talvez até brigar com os passageiros, mas em compensação Mário de Tal, vulgo "Pé na Tábua", considerado pela maioria como inimigo público, salvou a vida de um vira-lata que se pusera à frente de seu carro.

E não adiantava — porque ninguém entenderia — explicar aos outros que tudo acontecera porque, ao ver o vira-lata, lembrara-se de que seu filho tivera em vida um cachorrinho igual.

Manchete, 15/12/1956

O cupim

Foi ontem à tardinha. Eu tinha chegado à janela já não me lembro por quê, quando percebi o cupinzinho que vinha vindo lá de baixo, voando em espiral. Passou rente ao meu ombro e entrou pela sala, em busca de luz. Era o primeiro aviso de que dias melhores virão. Nos meus tempos de colegial, quando esses bichinhos apareciam — bichinhos que nós chamávamos de "formiguinhas-de-natal" — Didi costumava dizer:

— Lá vem o verão!

E vinha mesmo. O verão e, consequentemente, as férias, a praia, os dias azuis, o bairro mais alegre. Desde então, sempre que os cupins entram pela janela e se põem a voltar na luz, por mais distraído que esteja, uma leve, uma quase imperceptível alegria me apanha, como a lembrança de uma coisa boa que a memória nos traz e logo volta a tomar, sem nos dar tempo de perceber o que era bom afinal.

Tal e qual aconteceu ontem, à tardinha, quando o cupinzinho veio me avisar, na ausência de Didi, que "lá vem o verão". E sendo o subconsciente um inconveniente — conforme percebi na primeira e única aula de psicanálise que me quiseram dar — num instante tornei-me um nada mais jovial.

No entanto eu me pergunto, formiguinha-de-natal, que com a melhor das intenções veio morrer no meu abajur, para que esse mal percebido encantamento se já não existe sequer o colégio e muito menos as férias. É outubro sim, e o verão, como em todos os anos, está por chegar. E o verão já não importa, cupim amigo.

Quando outros cupins chegavam, já lá se vão anos, havia a perdida esperança de longas tardes no mar, havia o cinema com a namorada ou o sorvete na praia. As longas conversas na varanda não tinham fim: eram as férias, sem hora para dormir. E era também a ida à fazenda, os preparativos para um Carnaval melhor, porque mais inocente.

Deste verão que aí vem, gozarei apenas a comodidade das roupas de linho, para as quais a época permite um traje mais amarrotado, sem que isso fira a sensibilidade dos árbitros da elegância. No mais, haverá sempre um horário a ser cumprido, um trabalho a executar, seja qual for a temperatura. Não haverá tempo para suar por prazer, sob o sol, na areia.

Penso em todas essas pequenas desventuras que num passado ainda pouco distante me teriam desesperado e continuo a sentir-me alegre com a perspectiva do verão. Serei eu um homem que vive melhor no calor, faça o que fizer? Ou foi a brisa com cheiro de mar, que entrou pela janela logo após o cupinzinho?

Deveria estar triste, mas nem por isso. O bichinho que perdeu as asas e morreu sob o calor da lâmpada deixou-me esta certeza: a gente sempre se sente um pouco mais alegre da alegria que teve.

Manchete, 20/10/1956

O hóspede

Não sou um homem de mudanças. Mudei-me duas vezes apenas, em toda a minha vida. No entanto, ou talvez por causa disso, sei bem o que significa para a felicidade de cada um a comunhão do homem com seus bens e costumes, suas manias e hábitos. Assim como uma família não é composta somente de primos e primas, tios e tias, avôs e avós, irmãos, adidos e afins, assim também uma casa não é somente seus cômodos e dependências, seu terreno e seus jardins.

Foi um estudante pobre, há alguns anos, que me fez sentir isso. Foi um colega pobre que morava numa pensão do Catete e que um dia, num rasgo de condescendência consigo mesmo, entrou no café e — para inveja dos que tomavam a clássica média com pão e manteiga — berrou para o garçom:

— Chico, me traz um prato de empadas!

Sentou-se à minha mesa e explicou que era dia de empadas lá na sua casa do interior fluminense. Dia de festa de Nossa Senhora da Glória — esclareceu — quando a preta velha Idalina vinha para a procissão e ficava hospedada no quarto dos fundos. Todos sabiam que no almoço haveria empada, porque Idalina era campeã mundial de empadas, as melhores e mais macias do universo.

Por isso — mesmo sabendo que iria transtornar seu orçamento — desprezara a média com pão e manteiga de todos os dias e de todos os estudantes pobres e pedira um prato de empadas. Pura homenagem.

Senti que as empadas não lhe faziam bem. Não o mal que costumam causar as empadas, mas outro que uma palavra apenas explica — saudade. Ele, havia três anos, morava numa pensão do Catete, vendo a família de raro em raro, dormindo uma vez por ano em sua própria cama, por um instante deixara-se abater no seu ânimo de estudante pobre que vem se diplomar na capital.

Foi depois, muito depois do convite que lhe fiz para jantar comigo que me explicou o quanto depende a felicidade de um homem da preservação de seus costumes. Jamais entenderia aqueles que voluntariamente se afastam da sua terra e da sua gente.

Nossa gente, nossa casa são mais do que aparentam em patrimônio e sentimentos — esclareceu. O irmão distante é mais nosso irmão e dói mais na gente; uma família é mais do que um grupo de parentes e o natural carinho que uns têm pelos outros. É um jeito de olhar, de falar e até mesmo de brigar. O gosto da comida e a conversa na mesa, a alegria comum nas grandes datas e o conforto da solidariedade nas incontornáveis tristezas.

A felicidade — disse-me aquele rapaz que vivia numa pensão do Catete — é isto: esta toalha da *sua* mesa, este pão que tem sempre o mesmo gosto, o perfume do sabonete, determinado canto da casa onde, à tarde, uma brisa fresca conforta do calor, o cheiro dos lençóis, os sons costumeiros — o piano da irmã, o barulho das crianças lá fora, o bater de um velho relógio.

— Tende piedade dos que moram em pensão — disse-me então aquele rapaz que foi meu colega e cujo nome já nem me lembro. — Tende piedade deles, que deles um dia será o reino dos céus.

Manchete, 05/11/1955

Um temperamento dramático

Mercedes esteve aqui de visita. Depois de quase dois anos de ausência, entrou pela cozinha, a mesma cozinha onde batalhou durante tanto tempo, servindo-me com elogiável dedicação. Pediu licença e veio até a porta do escritório contar as novidades.

Depois que Mercedes fez as contas e partiu, custei a me acostumar com o tempero das que, uma após outra, tentaram ocupar seu lugar, na beira do fogão. E mais, Mercedes não era somente uma cozinheira excelente, autêntico Prêmio Nobel de feijão: era também uma das minhas personagens favoritas, graças à sua impressionante figura, humana e singela, humilde e, ao mesmo tempo, temperamental.

A primeira vez que a usei numa crônica ainda não tinha o seu beneplácito. Contei uma de suas histórias ou — melhor dito — uma de suas trapalhadas, transformando em crônica aquilo que fora apenas um episódio doméstico. Já não me lembro o que foi; mas me lembro da reação de Mercedes. Alguém contou-lhe que lera seu nome no jornal e ela, assim que se apresentou uma oportunidade, veio parar à porta do escritório, tal como esteve parada ainda há pouco. Disse que não se importava com o acontecido, mas pedia que eu nunca botasse o seu retrato na "notiça", pedido, de resto, inútil, pois eu não tinha mesmo nenhuma fotografia sua. A seu respeito, explicou, podia escrever o que quisesse, menos botar retrato:

— Lá em casa são tudo analfabeto. Eles vê meu retrato no jorná e vai pensar que é crime passioná.

Respeitei suas razões. Mas foram inúmeras as vezes que a usei como personagem. Contei seu caso com o homem da prestação, quando ela conseguiu passar pra trás um malandro que já tinha enganado quase todas as domésticas do prédio, citei a irreverência de certo cavalheiro que com ela se correspondia através do consultório sentimental de uma revista e que, na hora da clássica troca de retratos, enquanto ela enviava uma de suas mais sinceras fotografias, vestida de boneca francesa (foto "lambe-lambe" do Carnaval de 50), mandava de volta uma pose do bispo de Maura.

Mercedes nunca envergou uma fantasia de Carnaval condizente com sua personalidade. Além da citada boneca francesa, cheia de pompons pregados em lugares onde não se deve pregar pompons, usou ainda uma fantasia de havaiana que, no arquipélago do Havaí, teria sido a maior tragédia depois de Pearl Harbour.

Tudo isso, e mais seus ditos e expressões, andei glosando, em escritos esparsos pelos jornais. Mercedes, a princípio discretamente e depois sem nenhum pudor, a ponto de vir comentar comigo, lia-os todos. Aos poucos foi se fazendo vedeta. Já não cuidava somente de temperos e molhos. Preocupava-se também em se fazer sutil, ir reverente ou coquete para impressionar seu biógrafo e patrão. E, como não podia deixar de acontecer, a personagem acabou por sobrepujar a cozinheira, criando um caso de ordem funcional, já que o ordenado que recebia era de cozinheira e não de musa inspiradora.

Mercedes foi embora e hoje esteve aqui de visita. Falou muito e mostrou-se sob um novo ângulo. Já não é nada daquilo, daquela humildade e singeleza. Sofisticou-se e cheguei a lamentar sua falta de personalidade, sem atentar para o fato de ter sido eu o culpado indireto da transformação.

Estou sinceramente arrependido por não ter previsto as consequências do que fiz, levando à deserção aquela que era um baluarte da cozinha, valor autêntico a serviço do refogado. E mais arrependido ainda estarei no dia em que Mercedes estrear. Sim, porque ela contou, durante a visita, que vai estrear no teatro. Vai fazer parte de não sei que elenco.

— O diretor falou — explicou-me ela — que eu tenho um grande temperamento dramático.

E mais não disse porque, dali da porta do escritório, partiu para a glória através da cozinha, sem se dignar sequer a olhar as panelas, suas antigas e fiéis colaboradoras.

Manchete, 14/07/1956

Medidas, no espaço e no tempo

A medida, no espaço e no tempo, varia de acordo com as circunstâncias. E nisso vai o temperamento de cada um, o ofício, o ambiente em que vive. Os ambiciosos, de longa data, vêm medindo tudo na base do dinheiro, pouco se importando com a existência do relógio, do sistema métrico e do calendário. Mas não é precisamente a esses que quero me referir, mas aos outros, que medem de maneira mais prática e mais de acordo com os seus interesses, usando como padrão de medida as mais variadas coisas.

Nossa falecida avó media na base do novelo. Pobre que era, aceitava encomendas de crochê e disso tirava o seu sustento. Muitas vezes ouvimo-la dizer:

— Hoje estou um pouco cansada. Só vou trabalhar três novelos.

Nós todos sabíamos que ela levava uma média de duas horas para tecer cada um dos rolos de lã. Por isso, ninguém estranhava quando dizia que queria jantar dali a meio novelo. Era só fazer a conversão em horas e botar a comida na mesa sessenta minutos depois.

Também os poetas têm se servido dessas estranhas medidas para as suas imagens e eu já li, certa vez, não me lembro quando nem em que poema, uma referência aos lenços que certa moça teria chorado pelo mais puro dos sentimentos — a saudade.

"Fulana chorou muitos lenços", dizia o verso, e eu achei isso muito lindo. Muito mais lindo, por exemplo, do que fulana "debulhada em lágrimas", expressão vulgar, autêntico lugar-comum das imagens literárias.

Os índios, por sua vez, marcavam o tempo pela lua. Isso é ponto pacífico, embora, há alguns anos, por distração, eu assistisse a um desses terríveis filmes de Carnaval do Oscarito, em que apareciam diversos índios, alguns dos quais com relógio de pulso. Isso aconteceu porque eram índios de fita brasileira. O cinema americano seria incapaz de dar uma mancada dessas. Lá, eles são muito organizados nessa coisa de "cor local". Fazem questão de dar um máximo de autenticidade às suas histórias. Por isso, pegam um camarada qualquer, despem-no e pintam com iodo. Depois botam uma peninha na sua cabeça e fazem o "artista" ir para a frente da câmara e dizer:

— Nós daqui duas luas, atacar caravana homens cara-pálida.

E pronto, está feito mais um emocionante filme sobre a colonização dos Estados Unidos.

Sim, os índios medem o tempo pelas luas, os ricos medem o valor dos semelhantes pelo dinheiro, vovó media as horas pelos seus novelos e todos nós, em maior ou menor escala, medimos distâncias e dias com aquilo que melhor nos convier.

Agora mesmo houve qualquer coisa com a Light e a luz faltou. Para a maioria, a escuridão durou duas horas; para Raul, não. Ele, que se prepara para um exame, tem que aproveitar todas as horas de folga para estudar. E acaba de vir lá de dentro, com os olhos vermelhos do esforço, a reclamar:

— Puxa! Estudei uma vela inteirinha.

E assim vamos todos nós. Tenho um irmão que passou uns tempos na Europa e de lá mandou uma carta onde informava: "Creio que passarei ainda uns vinte contos aqui".

Comigo mesmo aconteceu recorrer a tais medidas, que quase sempre medem melhor ou, pelo menos, dão uma ideia mais aproximada daquilo que queremos dizer. Foi noutro dia quando certa senhora, outrora tão linda e hoje tão gorda, me deu um prolongado olhar de convite ao pecado. Fingi não perceber, mas pensei:

"Há uns quinze quilos atrás, eu teria me perdido."

Manchete, 12/02/1955

Pedro, o homem da flor

Se você se enquadra entre aqueles que se dizem boêmios ou, pelo menos, entre aqueles que costumam ir, de vez em quando, a um desses muitos barzinhos elegantes de Copacabana, é provável que já tenha visto alguma vez Pedro — o homem da flor. Se, ao contrário, você é de dormir cedo, então não. Então você nunca viu Pedro — o homem da flor — porque jamais ele circulou de dia a não ser lá, na sua favela do Esqueleto.

Quando anoitece Pedro pega a sua clássica cestinha, enche de flores, cujas hastes teve o cuidado de enrolar em papel prateado, e sai do barraco rumo a Copacabana, onde fica até alta madrugada, entrando nos bares — em todos os bares, porque Pedro conhece todos — vendendo rosas. Quando a cesta fica vazia, Pedro conta a féria e vai comer qualquer coisa no botequim mais próximo. Depois volta para casa como qualquer funcionário público que tivesse cumprido zelosamente sua tarefa, na repartição a que serve.

Conversei uma vez com Pedro — o homem da flor. Já o vinha observando quando era o caso de estar num bar em que ele entrava. Via-o chegar e dirigir-se às mesas em que havia um casal. Pedia licença e estendia a cesta sobre a mesa. Psicologia aplicada, dirão vocês, pois qual o homem que se nega a oferecer uma flor à moça que o acompanha, quando se lhe apresenta a oportunidade? Sim, talvez Pedro seja um bom psicólogo mas, mais do que isso, é um romântico. Quando o homem mete a mão no bolso e pergunta quanto custa a flor, depois de ofertá-la à companheira, Pedro responde com um sorriso:

— Dá o que o senhor quiser, moço. Flor não tem preço.

Como eu ia dizendo, conversei uma vez com Pedro e, desse dia em diante, temos conversado muitas vezes. Ele sabe de coisas. Sabe, por exemplo, que a rosa branca encanta as mulheres morenas, enquanto que as louras, invariavelmente, preferem rosas vermelhas. Fiel às suas observações, é incapaz de oferecer rosas brancas às mulheres louras, ou vice-versa. Se entra num bar e as flores de sua cesta são todas de uma só cor, não coincidindo com o gosto comum às mulheres presentes, nem chega a oferecer sua mercadoria. Vira as costas e sai em demanda de outro bar, onde estejam mulheres louras, ou morenas, se for o caso.

O pequeno buquê de violetas — quando as há — é carinhosamente arrumado pelas suas mãos grossas de operário, assim como também as hastes prateadas das rosas. Saibam todos os que se fizeram fregueses de Pedro — o homem da flor — que aquele papel prateado artisticamente preso na haste das rosas, e que tanto encanta as moças, foi antes um prosaico papel de maços de cigarros vazios, que o próprio Pedro recolheu por aí, nas suas andanças pela madrugada.

Sei que Pedro ama a sua profissão, tira dela o seu sustento, mas acima de tudo esforça-se por dignificá-la. Não vê que seria um mero mercador de flores! Lembro-me da vez em que, entrando pelo escuro do bar, trouxe nas mãos a última rosa branca para a moça morena que bebia calada entre dois homens.

Quando os três levantaram a cabeça ante a sua presença, pudemos notar — eu, ele e as demais pessoas presentes — que a moça era linda, de uma beleza comovente, suave, mas impressionante. Pedro estendeu-lhe a rosa sem dizer uma palavra e, quando um dos rapazes quis pagar-lhe, respondeu que absolutamente não era nada. Dava-se por muito feliz por ter tido a oportunidade de oferecer aquela flor à moça que ali estava. E sem ousar olhar novamente para ela, disse:

— Mais flores daria se mais flores eu tivesse!

Assim é Pedro — o homem da flor. Discreto, sorridente e amável, mesmo na sua pobreza. Vende flores quase sempre e oferece flores quando se emociona. Foi o que aconteceu na noite em que, mal chegado a Copacabana, viu o povo que rodeava o corpo do homem morto, vítima de um mal súbito. Só depois é que se soube que Pedro o conhecia do tempo em que era porteiro de um bar no Lido. Na hora não. Na hora ninguém compreendeu, embora todos se comovessem com seu gesto, ali abaixado a colocar todas as suas flores sobre as mãos do homem morto. Pois foi o que Pedro fez, voltando em seguida para a sua favela do Esqueleto.

Naquela noite não trabalhou.

Manchete, 30/06/1956

A rua

O primeiro enterro a que assisti saiu dali, do 51. Era um menininho triste que quase não falava e nunca fizera amizade conosco. Por mais que o chamássemos para os nossos brinquedos ele abanava a cabeça, murmurava um "não" tímido e deixava-se ficar na soleira da porta. Parecia adivinhar o seu fim e talvez achasse que não valia a pena fazer amigos por tão pouco tempo. Morreu aos seis anos. O enterro era — fora o carro que levava o caixãozinho — de uns sete ou oito automóveis. Quando o último dobrou a esquina me deu uma vontade danada de chorar e eu disfarcei gritando para os outros:

— Quem quer brincar de soldado e ladrão?

O primeiro casamento, por coincidência, também saiu do 51, para os meus olhos deslumbrados. Romilda, a mulata, casava-se com um rapaz que não era da intimidade da rua e, por isso mesmo, seu nome não me ficou na memória. Foi um séquito bem maior que o do enterro. Uns vinte carros cheios de gente seguiram para a Penha e, quando o último deles dobrou a esquina, não pude conter um suspiro pela perda de Romilda, deusa dos meus oito anos.

A igreja ainda não existia e os padres moravam numa casa velha e tiravam esmolas para a construção. Todos os meninos ajudavam a passar tômbolas na quermesse e furar cartão pela missa das almas. Como retribuição, os padres deixavam que usássemos o grande terreno baldio à nossa vontade.

Também não havia árvores nas calçadas. Era uma rua quieta de arrabalde, onde somente pela manhã e à tarde os meninos se espalhavam no futebol, que ia quase de um quarteirão ao outro. No resto do dia o mormaço abafava os raros transeuntes que desciam ou subiam procurando proteção na sombra das casas. De vez em quando passava um ciclista: o crioulo da tinturaria pra cá, o português do armazém pra lá. Até hoje ninguém jamais conseguiu entender por que geralmente o ciclista crioulo é da tinturaria e o português é do armazém.

A minha rua tinha muita dignidade e, embora houvesse casas de gente rica e casas de gente pobre, os muros dos quintais nunca foram capazes de interceptar a solidariedade de vizinho para vizinho: quando o menininho morreu todos mostravam suas caras compungidas de janela em janela; quando Romilda casou toda a rua foi uma festa só.

O primeiro edifício surgiu, se não me falha a memória, em 1936. Seu Nice — que bebia — morreu pobre, com a casa hipotecada, e a mulher cedeu ao plano de incorporação da imobiliária. Os outros vieram como praga. As casas mais pobres iam caindo primeiro e, pouco a pouco, todo aquele meu pedaço de rua, que ia do terreno onde hoje é a igreja até a esquina onde Romilda dobrou para sempre, vestida de branco, virou arranha-céu. Os transeuntes já não precisavam se abrigar do mormaço quente da tarde: a rua ficou sombria e espremida entre aqueles prédios enormes, cheios de gente fria, homens indiferentes que mal se cumprimentam, para evitar possíveis intimidades.

É uma rua triste, sem algazarra de crianças, sem jardins, de calçadas esburacadas. Daqui os mortos partem sem que os outros moradores se apercebam da dor dos parentes, daqui saem os que casam e descasam em meio à indiferença geral. Bem sei que esta é a mesma rua de 1930, mas hoje é tão diferente!

Manchete, 14/01/1956

Éramos mais unidos aos domingos

As senhoras chegavam primeiro porque vinham diretas da missa para o café da manhã. Assim era que, mal davam as dez, se tanto, vinham chegando de conversa, abancando-se na grande mesa do caramanchão. Naquele tempo pecava-se menos, mas nem por isso elas se descuidavam. Iam em jejum para a missa, confessavam lá os seus pequeninos pecados, comungavam e depois vinham para o café. Daí chegarem mais cedo.

Os homens, sempre mais dispostos ao pecado, já não se cuidavam tanto. Ou antes, cuidavam mais do corpo do que da alma. Iam para a praia, para o banho de sol, os mergulhos, o jogo de bola. Só chegavam mesmo — e invariavelmente atrasados — na hora do almoço. Vinham ainda úmidos do mar e passavam a correr pelo lado da casa, rumo ao grande banheiro dos fundos, para lavar o sal, refrescarem-se no chuveiro frio, excelente chuveiro, que só começou a negar água do prefeito Henrique Dodsworth pra cá.

O casarão, aí por volta das duas horas, estava apinhado. Primos, primas, tios, tias, tias-avós e netos, pais e filhos, todos na expectativa, aguardando aquela que seria mais uma obra-mestra da lustrosa negra Eulália. Os homens beliscavam pinga, as mulheres falando, contando casos, sempre com muito assunto. Quem as ouvisse não diria que estiveram juntas no domingo anterior, nem imaginaria que estariam juntas no domingo seguinte. As moças, geralmente, na varanda da frente, cochichando bobagens. Os rapazes no jardim, se mostrando. E a meninada, mais afoita, rondando a cozinha, a roubar pastéis, se fosse o caso de domingo de pastéis.

De repente aquilo que vovô chamava de "ouviram do Ipiranga as margens plácidas". Era o grito de Eulália, que passava da copa para o caramanchão, sobraçando uma fumegante tigela, primeiro e único aviso de que o almoço estava servido. E então todos se misturavam para distribuição de lugares, ocasião em que pais repreendiam filhos, primos obsequiavam primas e o barulho crescia com o arrastar de cadeiras, só terminando com o início da farta distribuição de calorias.

Impossível descrever os pratos nascidos da imaginação da gorda e simpática negra Eulália. Hoje faltam-me palavras, mas naquele tempo nunca me faltou apetite. Nem a mim nem a ninguém na mesa, onde todos comiam a conversar em altas vozes, regando o repasto com cerveja e guaraná, distribuídos por ordem de idade. Havia sempre um adulto que preferia guaraná, havia sempre uma criança teimando em tomar cerveja. Um olhar repreensivo do pai e aderia logo ao refresco, esquecido da vontade. Mauricinho não conversava, mas em compensação comia mais do que os outros.

Moças e rapazes muitas vezes dispensavam a sobremesa, na ânsia de não chegarem atrasados na sessão dos cinemas, que eram dois e, tal como no poema de Drummond, deixavam sempre dúvidas na escolha.

A tarde descia mais calma sobre nossas cabeças, naqueles longos domingos de Copacabana. O mormaço da varanda envolvia tudo, entrava pela sala onde alguns ouviam o futebol pelo rádio, um futebol mais disputado, porque amador, irradiado por locutores menos frenéticos. Lá nos fundos os bem-aventurados dormiam em redes. Era grande a família e poucas as redes, daí o revezamento tácito de todos os domingos, que ninguém ousava infringir.

E quando já era de noitinha, quando o último rapaz deixava sua namorada no portão de casa e vinha chegando de volta, então começavam as despedidas no jardim, com promessas de encontros durante a semana, coisa que poucas vezes acontecia porque era nos domingos que nos reuníamos.

Depois, quando éramos só nós — os de casa — a negra Eulália entrava mais uma vez em cena, com bolinhos, leite, biscoitos e café. Todos fazíamos aquele lanche, antes de ir dormir. Aliás, todos não. Mauricinho sempre arranjava um jeito de jantar o que sobrara do almoço.

Manchete, 18/08/1956

A moça e a varanda

Quem dobrasse à esquerda encontraria logo o portão. Abrindo-o, estaria no jardim — modesto jardim, onde outrora houvera uma roseira que morreu de solidão. Do jardim saía a alameda das samambaias que daria acesso à varanda. Em dias de domingo — que os havia plenos de luz e de azul — já a meio caminho, entre as samambaias, um ouvido mais familiarizado conosco, os de lá, poderia distinguir facilmente os risos da gente. Ríamos muito, naquele tempo.

Da varanda, que dizer? Algumas cadeiras de vime, a mesinha que tinha um pé mais curto que os outros e dois jarrões, um em cada canto, cujas plantas (nunca lhes soubemos o nome) davam umas florzinhas amarelas e cheirosas no mês de abril, para contrariar o outono.

A entrada era uma apenas, pela direita, subindo-se a escada de mármore de três degraus. O resto da varanda era rodeada pelo patamar onde havia, no centro, uma jardineira. Depois que o último de nós ficou mais crescido e menos travesso, ali floriram gerânios.

Hoje, quem me vê não diz que eu já morei numa casa onde as cotovias faziam ninho. Deus não me deixa mentir. No telhado da varanda, durante anos e anos, elas se hospedavam, para alegria nossa e inveja dos outros garotos da redondeza. Quando, pela primeira vez, falou-se em demolir a casa para construir o prédio feio que lá está até hoje, meu primeiro pensamento foi para os ninhos das cotovias.

Vejam só que menino puro o mundo perdeu!

Os grandes dias da varanda eram os já citados domingos, quando toda a família se reunia para alegres almoços. Dessa época restam somente dolorosas fotografias.

Já as grandes noites, vieram mais tarde, quando Luizinha apareceu. Chegava — como sempre chegou — assustada com a possibilidade do irmão tê-la seguido. Perfeito o Eduardo (para ela o Duá) na sua proverbial vagotonia.

Só depois que Luizinha se certificava que ninguém a seguira pela alameda das samambaias ("Foi o vento, Luizinha, que balançou as folhas") é que vinha o primeiro chamar de "meu bem", o primeiro beijo, morno beijo que nunca devia ter esfriado.

No dia em que ela não veio, pensei uma porção de vinganças impossíveis e votei-lhe um ódio de morte que durou quase um minuto. Era a decepção que sempre nos deixa o pecado irrealizado, logo apagada pela ideia de que não nos faltará tempo para pecar. De fato, na outra noite — hora de sempre — lá veio ela, fugindo de uma sombra para outra, para enganar o irmão. Nesse encontro nos juramos uma eterna fidelidade amorosa e fomos mais dramáticos em nossas palavras, gestos, atitudes.

Pra que, Luizinha? Seguisses o juramento e eu te enganaria, não o seguindo, como o fizeste, enganaste-me primeiro, para confessares depois. Choraste então, e eu também chorei sem nenhuma convicção.

Vejam vocês que rapaz fingido o mundo consertou!

Num mês de abril de 1947, demoliram a varanda. Eu vi. Parado na rua, lá da calçada em frente, esperei que os operários derrubassem o último tijolo da última parede e voltei para o apartamento com a sensação de que, dentro de mim, algo também fora demolido.

Quanto a Luizinha, resistiu mais tempo, deixou-se demolir aos poucos. Foi preciso mais do que um simples dia de abril, foi preciso toda uma mocidade para deixá-la tal como ontem a vi.

Vocês nunca saberão que excelente moça o mundo estragou!

Manchete, 23/04/1955

Divisão

Você poderá ficar com a poltrona, se quiser. Mande forrar de novo, ajeitar as molas. É claro que sentirei falta. Não dela, mas das tardes em que aqui fiquei sentado, olhando as árvores. Estas sim, eu levaria de bom grado: as árvores, a vista do morro, até a algazarra das crianças lá embaixo, na praça. O resto dos móveis — são tão poucos! — podemos dividir de acordo com nossas futuras necessidades.

A vitrola está tão velha que o melhor é deixá-la aí mesmo, entregue aos cuidados ou ao desespero do futuro inquilino. Tanto você quanto eu haveremos de ter, mais cedo ou mais tarde, as nossas respectivas vitrolas, mais modernas, dotadas de todos os requisitos técnicos e mais aquilo que faltou ao nosso amor: alta fidelidade.

Quanto aos discos, obedecerão às nossas preferências. Você fica com as valsas, as canções francesas, um ou outro "chopinzinho", o Mozart e Bing Crosby. Deixe para mim o canto pungente do negro Armstrong, os sambas antigos e estes chorinhos. Aqueles que compartilhavam do nosso gosto comum serão quebrados e jogados no lixo. É justo e honesto.

Os livros são todos seus, salvo um ou outro com dedicatória. Não, não estou querendo ser magnânimo. Pelo contrário. Ainda desta vez penso em mim. Será um prazer voltar a juntá-los, um por um, em tardes de folga, visitando livrarias. Aos poucos irei refazendo toda esta biblioteca, então com um caráter mais pessoal. Fique com os livros todos, portanto. E consequentemente com a estante também.

Os quadros também são seus, e mais esses vasinhos de plantas. Levarei comigo o cinzeirinho verde. Ele já era meu muito antes de nos conhecermos. Também os dois chinesinhos de marfim e esta espátula. Veja só o que está escrito nela: 12/01/48. Fique com toda essa quinquilharia acidentalmente juntada. Sempre detestei bibelôs e, mais do que eles, a chamada arte popular, principalmente quando ela se resume nesses bonequinhos de barro. Com exceção de pote de melado e moringa de água, nada que foi feito com barro presta. Nem o homem.

Rasgaremos todas as fotografias, todas as cartas, todas as lembranças passíveis de serem destruídas. Programas de teatros, álbuns de viagens, suvenires. Que não reste nada daquilo que nos é absolutamente pessoal e que não possa ser entre nós dividido.

Fique com a poltrona, seus discos, todos os livros, os quadros, esta jarra. Eu ficarei com estes objetos, um ou outro móvel. Tudo está razoavelmente dividido. Leve a sua tristeza, eu guardarei a minha.

Última Hora, 11/06/1958,
trazia a assinatura de Stanislaw Ponte Preta

A casa demolida

Seriam ao todo umas trinta fotografias. Já nem me lembrava mais delas, e talvez que ficassem para sempre ali, perdidas entre papéis inúteis que sabe lá Deus por que guardamos.

Encontrá-las foi, sem dúvida, pior e, se algum dia imaginasse que havia de passar pelo momento que passei, não teria batido fotografia nenhuma. Na hora, porém, achara uma boa ideia tirar os retratos, única maneira — pensei — de conservar na lembrança os cantos queridos daquela casa onde nasci e vivi os primeiros vinte e quatro felizes anos de minha vida.

Como se precisássemos de máquina fotográfica para guardar na memória as coisas que nos são caras!

Foi nas vésperas de sair, antes de retirarem os móveis, que me entregara à tarefa de fotografar tudo aquilo, tal como era até então. Gastei alguns filmes, que, mais tarde revelados, ficaram esquecidos, durante anos, na gaveta cheia de papéis, cartas, recibos e outras inutilidades.

Esta era a escada, que rangia no quinto degrau, e que era preciso pular para não acordar Mamãe. Precaução, aliás, de pouca valia, porque ela não dormia mesmo, enquanto o último dos filhos a chegar não pulasse o quinto degrau e não se recolhesse, convencido de que chegava sem fazer barulho.

A ideia de fotografar este canto do jardim deveu-se — é claro — ao banco de madeira, cúmplice de tantos colóquios amorosos, geralmente inocentes, que eram inocentes as meninas daquele tempo. Ao fundo, quase encostado ao muro do vizinho, a acácia que floria todos os anos e que a moça pedante que estudava botânica um dia chamou de "linda árvore leguminosa ornamental". As flores, quando vinham, eram tantas que não havia motivo de ciúmes, quando alguns galhos amarelos pendiam para o outro lado do muro. Mesmo assim, ao ler pela primeira vez o soneto de Raul de Leoni, lembrei-me da acácia e lamentei o fato de ela também ser ingrata e ir florir na vizinhança.

Isto aqui era a sala de jantar. A mesa grande, antiga, ficava bem ao centro, rodeada por seis cadeiras, havendo ainda mais duas sobressalentes, ao lado de cada janela, para o caso de aparecerem visitas. Quando vinham os primos recorria-se à cozinha, suas cadeiras toscas, seus bancos... tantos eram os primos!

Nas paredes, além dos pratos chineses — orgulho do velho — a indefectível *Ceia do Senhor*, em reprodução pequena e discreta, e um quadro de autor desconhecido. Tão desconhecido que sua obra desde o dia da mudança está enrolada num lençol velho, guardada num armário, túmulo do pintor desconhecido.

Além das três fotografias — da escada, do jardim e da sala de jantar — existem ainda uma de cada quarto, duas da cozinha, outra do escritório do Papai. O resto é tudo do quintal. São quinze ao todo e, embora pareçam muitas, não chegam a cumprir sua missão, que, afinal, era retratar os lugares gratos à recordação.

O quintal era grande, muito grande, e maior que ele os momentos vividos ali pelo menino que hoje olha estas fotos emocionado. Cada recanto lembrava um brinquedo, um episódio.

Ah Poeta, perdoe o plágio, mas resistir quem há-de? Gemia em cada canto uma tristeza, chorava em cada canto uma saudade. Agora, se ainda morasse na casa, talvez que tudo estivesse modificado na aparência, não mais que na aparência, porque, na lembrança do menino, ficou o quintal daquele tempo.

Rasgo as fotografias. De que vale sofrer por um passado que demoliram com a casa? Pedra por pedra, tijolo por tijolo, telha por telha, tudo se desmanchou. A saudade é inquebrantável, mas as fotografias eu também posso desmanchar. Vou atirando os pedacinhos pela janela, como se lá na rua houvesse uma parada, mas onde apenas há o desfile da minha saudade. E os papeizinhos vão saindo a voejar pela janela deste apartamento de quinto andar, num prédio construído onde um dia foi a casa.

Olha, Manuel Bandeira: a casa demoliram, mas o menino ainda existe.

Manchete, 13/06/1953

Moça no banho

Depois de Olegário Mariano fui o que mais fez pelas cigarras! Elas vinham lá de fora tontas do calor ou talvez embriagadas com a beleza da tarde — que eu pouco sei de cigarras — e entravam pela sala, chiando a meio-tom, como a ensaiar seu canto para um recital que pretendiam dar dali a instantes. Vinham e esbarravam violentamente contra a parede e, mais tontas ainda, passavam a dar voltas e mais voltas em torno do lustre, acabando fatalmente por cair dentro dele, ameaçadas de morrerem assadas pelo calor da lâmpada.

Eu, que já esperava por isso, tantas foram as cigarras que ali caíram, apressava-me a trepar numa cadeira e desatarraxar o vidro côncavo que cobria o lustre. Metia a mão, agarrava a cigarra e vinha soltá-la pela janela.

Ela, coitada, nem agradecia. Ainda cheia de susto, ganhava altura e saía a voar para outras bandas, onde morreria também, mas de morte mais amena e muito mais romântica, como convém às cigarras. Quanto a mim, voltava a meu posto, debruçado ao peitoril, disposto a salvar quantas cigarras aparecessem, restituindo a liberdade a todas aquelas que enveredassem pelo triste destino das mariposas. E, enquanto isso, olhava a tarde.

Grandes tardes aquelas. Grandes em extensão e beleza. E calmas, que poucas, ou talvez nenhuma, eram as preocupações naquele tempo. Ordenado pequeno, é certo, mas o trabalho também era pequeno e, sempre que fosse necessário, podia-se recorrer aos proventos paternos, cujo administrador não era muito pródigo em dádivas, mas jamais se fizera de desentendido a uma cantada mais caprichadinha.

Muita praia pela manhã, a jogar bola, salgar o corpo, queimar a pele. À tarde, geralmente era ali, naquela janela que já não existe, olhando a copa verde das árvores, salvando cigarras, quando começava a escurecer e o lustre era iluminado, cultivando uma preguiça a que já não tenho o direito e, principalmente, atento aos movimentos da moça que morava do lado de lá e que, distraída nos seus passatempos de quem espera casamento, jamais percebeu a minha indiscrição.

Banhava-se às cinco, e essa pontualidade era muito do meu agrado porque, fosse um pouco mais tarde, e já estaria escuro, impossibilitando o observador de precisar detalhes. Mas deixa isso pra lá.

Um dia, ao canto das cigarras, impôs-se o ruído da campainha. Deixei a janela e fui abrir a porta à visita, ou seja, Pedro Cavalinho. O Cavalinho, quando o atendi, trazia um sorriso entre o nariz e o queixo e um embrulho entre o braço direito e o corpo. Desmanchou o primeiro e mostrou-me o segundo, explicando que eram uns livros, há muito emprestados, que vinha devolver. Entrou, depositou o embrulho sobre uma cadeira e quis saber o que eu fazia. Disse-lhe da beleza da tarde, do canto das cigarras, da maneira intempestiva com que entravam pela janela, do meu prazer em ficar olhando a noite chegar.

Cavalinho não levou muito a sério minha explicação. Encaminhou-se para a janela e (infelizmente eram cinco horas) não demorou a dar com os olhos (olhos que se arregalaram) na moça tomando banho. E não houve outro jeito senão dividir com ele o espetáculo. Mas Cavalinho era afoito e inexperiente. Por mais que eu lhe explicasse que havia momentos em que a moça se colocava em ângulos desfavoráveis à visão, insistia em espiar. Numa dessas vezes — a última — perdeu o equilíbrio e sobrou janela abaixo, indo estatelar-se no quintal, num tombo de quase seis metros.

E como se isso não bastasse, ainda passou a berrar como um doido, impressionado com o sangue que lhe escorria da testa. Veio gente de todo lado para saber o que era, inclusive a moça do banho, que, envolta numa toalha, apareceu na janela pela derradeira vez, posto que não lhe era difícil adivinhar o que fazíamos antes.

Com o acidente, perdemos todos: eu, que já não tinha mais incentivo para entregar-me à vida contemplativa; a moça, que, no seu pudor, perdeu o direito de tomar banho com a brisa da tarde a acariciar-lhe a pele, e as pobres cigarras que, na sua inocência, continuaram a cair dentro do lustre sem mais ninguém para lhes salvar a vida.

Só Cavalinho saiu ganhando. Foi contemplado com uma cicatriz na testa. Mais tarde pai de família, o obrigava a mentir. Quando alguém perguntava por que motivo tinha a testa marcada, fazia um ar heroico e respondia:

— Isso foi no tempo de menino, jogando futebol.

Manchete, 20/02/1954

Datas

"O livro do bebê"! Poucos passam dos primeiros dias. Pais mais persistentes chegam até a primeira comunhão. São raros esses, e o livro, em tais casos, perde o seu caráter. Melhor dito seria "O livro do menino". Desta ou daquela forma, porém, todo primeiro filho teve o seu livro, onde as coisas foram cuidadosamente anotadas.

E como ela estivesse distraída, a escrever a lista de presentes que a filha recebera ao nascer, corri os olhos pelas páginas inteirando-me das perguntas. São tantas! Nascimento, data, hora, local, peso ao nascer, altura, cor dos cabelos, dos olhos, primeiros presentes, felicitações, batizado, data, padre, padrinho, madrinha, convidados, dia em que sentou, engatinhou, disse a primeira palavra, primeiro dente, brinquedo predileto.

— Para que tudo isso? — quis saber.

Ia responder "não sei". Depois achou resposta melhor:

— Para que minha filha leia, mais tarde. Talvez ela se comova sabendo essas coisas.

Tempo perdido. Ela não se comoverá como eu não me comovi folheando o meu "Livro do bebê". Comoção senti ao reconhecer a letra de minha mãe, redonda, no papel que o tempo amarelou. Certinha, aplicada, como convém a uma primeira aluna da classe. Mas isso há de me comover, em qualquer escrito, em qualquer papel. Nada tem a ver com as informações contidas no meu livro, que essas pouco me importam.

Que engano isso das pessoas acharem que conhecem as datas e os acontecimentos importantes de alguém. A vida de cada um é tão pessoal! Querer lembrar a outros episódios que nos parecem definitivos em sua recordação é perfeitamente inútil. Todos temos que deixar o tempo correr, levando os dias vividos, para que a memória recrie à vontade o que considera marco no nosso caminho.

Que me importa o meu primeiro dente de leite, se o que guardo na lembrança é a dor atroz daquele dente do siso, arrancado a frio pelo dentista fuleiro de Teresópolis? O dia em que entrei para o colégio? Francamente, não sei. Jamais esquecerei, porém, daquela tarde em que lá voltei, depois de formado. Que emoção tão grande, ao passar por todas aquelas salas, corredores, escadas, cenários de outros tempos, do estudante levado que fracassou nos seus intentos de ser arquiteto.

Lembro-me que revia tudo com um nó na garganta, fazendo força para não chorar. Deus é testemunha de que eu teria vencido as lágrimas, não fosse a volta que dei no pátio dos menores. Arrancarem a mangueira, onde um dia, às pressas, eu gravara o meu nome ao lado de um outro, com o canivete — só eu sei —, foi demais para mim.

E o dia da primeira comunhão? Alguém, a não ser o caderno de registros da paróquia, saberá o dia da minha primeira comunhão? Não, ninguém. Daqueles tempos, no entanto, como esquecer o futebol que jogávamos depois da aula de catecismo? Tenho procurado seguir os dez mandamentos, embora não os saiba de cor. E não somente os mandamentos de Deus, como os do padre Agostinho, seu representante neste vale de lágrimas.

Agora mesmo tento recordar algum deles, mas em vão. O que me vem à memória — e com que nitidez — é aquele gol que eu fiz poucos minutos antes do bom reverendo nos expulsar de campo, em defesa das plantas e da brancura do muro. Foi uma bola passada por Marcelo, meu irmão. Eu entrei na raça e ganhei o jogo, mesmo apertado por Julinho, um beque temido naquela época, pelas botinas grossas que só ele usava. Isso sim; isso é que a memória guardou. Essa é a lembrança que ficou — como um marco — da época em que fiz a primeira comunhão.

Manchete, 20/03/1954

Incompatibilidade de gênios

Fui o que se poderia chamar de "o amortecedor do casal". Durante os três anos em que viveram juntos, não sei por que, fui escalado para ser o conciliador, o conselheiro de uma dupla que se enquadrava maravilhosamente naquilo que as estrelas de cinema chamam de incompatibilidade de gênios. Se no caso das atrizes volúveis a expressão vale apenas como desculpa pra trocar de marido, no caso dos dois era uma lamentável verdade.

Casal bom de briga estava ali. Quantas e quantas vezes fui chamado altas horas da noite para tentar uma reconciliação que ambos — e muito principalmente os vizinhos — achavam impossível. Aliás, eu também achava. A cada nova briga ficava convencido de que seria a última, tal a crescente violência dos litigantes e a frequência com que se repetiam.

E, no entanto, fora um belo começo. Logo no dia seguinte ao da apresentação, ele me disse assim como quem não quer nada:

— Acho que vou telefonar pra Fulana.

E telefonou mesmo, tanto que namorou, ficou noivo e casou em menos de um ano. Até aí, salvo as discussões de estilo, iam muito bem. A coisa começou — se não me falha a memória — num jantar em que ele bebeu um pouco mais do que devia e disse que o vestido dela parecia um abajur chinês. Isso na frente da anfitriã, senhora tradicionalmente elegante. Depois, em casa, ela aproveitou o mote e deu-lhe com um abajur chinês na cabeça. Isso — digo a bem da verdade — eu soube por terceiros, porque para a inauguração propriamente dita da incompatibilidade de gênios eu não fui convidado. O primeiro conciliador foi a mãe dela, escolha de resto infeliz, porque, mal a velha chegou, ele chamou-a de bruxa, agarrou uma vassoura e, entregando-a à pobre senhora, disse:

— Toma a vassoura. Monta nela e volta pra casa.

Com o passar do tempo, como ficou dito, as desavenças se multiplicaram. Marido e mulher estavam sempre a arquitetar vinganças que, enumeradas aqui, dariam numa lista imensa, entre coisas como: ele soltou o canarinho dela, ela cortou as calças dos ternos dele, ele atirou a máquina de costura dela na área interna do prédio, ela botou o sapato novo dele no forno etc. etc.

Como não podia deixar de ser, culminaram na tradicional troca de sopapos, ou seja, naquilo que, na linguagem dos que se desquitam, chama-se "maus-tratos". Dessa vez os vizinhos chamaram a polícia e o casal me chamou. Foi um custo para contê-los e, mesmo separados dois dias (ele foi para um hotel), o ódio de um pelo outro continuou implacável até o momento da partilha do que sobrara da briga em móveis e utensílios. Então foram de uma suavidade inesperada. Ele queria que ela ficasse com a geladeira, ela não aceitou e ainda fez questão de que ele ficasse com a mobília da sala; renunciaram aos objetos mais queridos e tornaram-se pródigos em gentilezas. Por fim, passaram o apartamento e cada um foi para um lado falar mal do outro.

Com esse desfecho sossegaram os amigos. Ele voltou a circular com a alegria dos tempos de solteiro até que, ontem, estávamos num bar, quando se virou para mim e disse assim como quem não quer nada:

— Acho que vou telefonar pra Fulana.

E telefonou mesmo, tanto que estou esperando o chamado para, a qualquer momento, reassumir meu posto de "amortecedor do casal".

Manchete, 29/10/1955

Apelo

Como se fazer entender por uma representante da geração que, acima de tudo, está incapacitada para entender qualquer coisa, ainda mais porque não está interessada em compreender coisa nenhuma? Este era — em síntese — o drama do homem na mesa ao lado, e o vivia tão intensamente que cheguei a pedir a Deus que aquele nunca fosse um drama meu, nem seu, nem de ninguém, porque, segundo a Sua lei, não devemos desejar nenhum mal ao próximo.

O próximo, no caso, estava realmente perto, sentara-se na mesa ao lado e, perdido de amor, nem sequer percebia que suas palavras, embora dirigidas somente à moça, eram ouvidas por mim e por todos os que estivessem nos arredores, além de mim e da moça que, tal como eu, ouvia calada suas sentidas palavras.

Pelo que me foi dado ouvir ele até concedia e compreendia que ela tivesse um namorado, alguém com quem sair, ir a festas, jantares e coisas parecidas desde que ele — e isso era um problema incontornável — não poderia nunca fazer-lhe companhia tal como desejava e ela (no seu entender) merecia.

O homem é casado — pensei — e terá uns quarenta ou quarenta e cinco anos, o que talvez seja o dobro da idade desta a quem tenta explicar seus sentimentos de homem maduro e apaixonado.

Que poderá ele conseguir de solidariedade e compreensão, através destas palavras longamente pensadas — pois não há dúvida de que mede cada uma delas — e ditas a esta moça tão (desculpem o adjetivo) adoravelmente distraída e tão sinceramente insensível ao seu poder de convicção?

Até que ele não exigia muito. E para provar essa sua tese garantiu que contrariou a si próprio, procurando amá-la sem retribuição ou, pelo menos, a retribuição que pedia o seu grande amor. Que ela se deixasse gostar já que lhe parecia impossível da parte dela gostar com a mesma intensidade que ele.

Ainda desta vez ela permaneceu impassível ao apelo quase patético do homem. Acendeu um cigarro, molhou os lábios na bebida através do diminuto canudinho e ficou esperando mais.

Havia mais, de fato. O homem, num gesto mais de tristeza que de nervosismo, passou a mão pelo rosto, pigarreou discretamente e lembrou que, na sua longa experiência da vida, jamais poderia ser tapeado por ela. Tudo que ela fizesse, dissesse ou insinuasse, caso não fosse verdade, ele perceberia facilmente, como vinha percebendo até ali. Muitas e muitas vezes fingira que acreditava para não perder tempo com brigas nos momentos que deviam ser de puro encantamento.

A inquebrantável muralha que muitas vezes faz de uma mulher burra uma mulher enigmática! Ela permanecia impassível, ora a olhar para as unhas cuidadosamente pintadas, ora a ajeitar uma mecha de seus cabelos aloirados. Quantas são as mulheres (e neste caso ela era apenas uma moça) que os homens envolvem num clima de mistério sedutor e que são nada mais que mulheres burras?

Esta seria assim? Admito que não. Os de sua geração não são propriamente burros. São indiferentes, menos sensíveis talvez, embora muitos sejam mesmo irremediavelmente burros. Mas esta moça — para inspirar tantos apelos e promessas — parecia estar no primeiro caso. E eu cheguei a torcer para que ela fosse burra e não fria e indiferente.

E o homem, de concessão em concessão, acabou por pedir apenas prioridade. Prioridade e um pouco de respeito. Que circulasse com o outro em lugares onde não costumavam aparecer juntos, que nunca demonstrasse pelo outro o carinho que nunca ao menos fingira em público demonstrar por ele. Todos havemos de convir que não era pedir muito. Pelo contrário era — isto sim — baixar demais. Ele porém queria tudo, qualquer coisa que não mudasse a situação de ambos, para que pudessem, sempre que ele conseguisse uma folga, sair juntos, conversar, pegar na sua mão como estava pegando agora.

Ela apagou o cigarro, amassando-o no cinzeiro. Iria falar agora, iria por fim deixar-se vencer pelas ardentes palavras do homem ao seu lado. Tão ansioso quanto ele, senti que ela suspirava profundamente e vi que o olhava com seus grandes olhos claros. Depois falou, mas, justamente por ser uma moça da nova geração, limitou-se a balançar a cabeça e dizer:

— Puxa, Azevedo, você hoje está chato!!!

Manchete, 25/02/1956

Seu Torquato, rei de Esparta

Seu Torquato, que era professor de história da civilização num colégio de moças e que, às vezes, aparecia no bar, era o que se poderia chamar de um homem despersonalizado, e, de tal forma, que isso já fazia parte de sua personalidade. Não sei se me entenderam. Na dúvida, prefiro tentar uma outra explicação.

Seu Torquato assumia a personalidade alheia, sempre que essa personalidade fosse bastante forte a ponto de impressioná-lo. Por exemplo: seu Torquato ia muito a cinema. Gostava mesmo. Era até o seu passatempo favorito, se excetuarmos a correção de provas das suas alunas, coisa que muito o divertia, a ponto de nunca aparecer no bar, na época de provas. Mas — dizia — gostava de cinema. Quase toda noite seu Torquato enfrentava uma fita, fosse qual fosse o ator, antes de dedicar-se ao bate-papo com os amigos.

Na saída do cinema, era batata, seu Torquato vinha completamente despersonalizado. Se fosse fita de Humphrey Bogart, vinha de cigarro no canto da boca, meio chateado da vida, quase um gângster. Se fosse fita do John Garfield, então em grande voga, chegava infeliz, entre comunista e anarquista, um pouco apaixonado por um mito, um pouco desiludido de si mesmo. E assim por diante: cínico, quando se tratasse de Clark Gable, leviano, quando via fita de James Cagney, destemido, no caso de ter sido Tyrone Power etc. etc.

Eram precisos bem uns quatro ou cinco *underbergs* — bebida que seu Torquato bebia com certa prodigalidade — para que voltasse a ser o humilde professor de história da civilização no colégio de moças. Aí ficava num canto, entrando raramente na conversa, só escutando as bobagens que todos dizíamos.

Lá um dia — foi nas vésperas de São-João — seu Torquato deixou de aparecer. Logo ele que era, por força de sua condição de solteirão, o mais constante membro do nosso barulhento clã. A princípio supusemos que, por estar o colégio fechado, cumprira afinal a promessa tantas vezes adiada de ir visitar a irmã, sua única parenta, senhora que residia no estado do Rio. Barra do Piraí — se não me falha a memória.

Mas seu Torquato não foi. Viram-no a comprar uma água-de-colônia na farmácia do Mourinha, um vidrão cheio de truques, laços de fita e caixa rendada.

— Autêntica muamba de pegar mulher — disse quem informara.

Estranho aquilo. Seu Torquato não era senhor de um ordenado sequer razoável, como é que comprava um negócio daqueles? E a interrogação ficou pairando na conversa da gente, porque a ausência de seu Torquato fazia-se cada vez mais constante, cada vez mais longa.

Uma noite — afinal — apareceu quando éramos uns poucos na roda. Vinha de barba por fazer, cigarro no canto da boca e um tanto ou quanto nervoso, a morder o lábio inferior de momento a momento.

"Vira fita de Bogart", pensei. E nem me preocupei mais com isso, pois ele era assim mesmo, ficava calado ouvindo a conversa. Naquela noite, porém, saíram todos e seu Torquato ficou. Ou melhor, ficamos. Queria descobrir que diabo era aquilo, pois, logo após sua chegada, lembrei-me de que não havia nenhuma fita de Humphrey Bogart nos cinemas da cidade.

Underberg vai, *underberg* vem, seu Torquato deu a primeira deixa ao exclamar, sem qualquer motivo aparente:

— Ela é linda!

O resto foi saindo ao longo dos *underbergs*. Sua aluna, vinte anos mais moça que ele, inteligentíssima — e o superlativo foi dito de olhos arregalados, como se eu duvidasse. Chamava-se... bem, o nome eu já não me lembro mais, que nesse tempo eu não ligava muito para detalhes. Tudo começara numa dissertação em certa aula onde o assunto versava sobre guerra entre persas e espartanos. Durante a explanação do ponto, seu Torquato entusiasmara-se talvez mais do que o de costume e, na passagem das Termópilas, com aquela sua mania de adquirir a personalidade alheia, foi quase Leônidas a zombar do número de lanças inimigas. E tanto foi assim que, terminada a aula, uma aluna chegara-se para ele e dissera:

— Seu Torquato, o senhor lembra um rei espartano.

Foi a conta. Daí por diante a coisa começou. A paixão veio vindo devagarinho e tomou conta do seu coração. A água-de-colônia foi a única maneira que encontrou de fazer-se entendido. Cometeu o erro ao preço de duzentos mil-réis, a moça não quis aceitar de maneira nenhuma, ficou ofendida e o jeito foi mandar para Barra do Piraí, à guisa de desculpas, para a irmã que — ainda uma vez — não fora visitar.

E como, penalizado, eu aconselhasse que esquecesse isso, voltasse a frequentar cinema para se distrair, respondeu irritado:

— Nunca! De agora em diante hei de ser sempre eu mesmo, para sofrer, para deixar de ser burro!

Curou-se pouco depois, quando foi assistir *As aventuras do Capitão Blood* e se transformou num jovial espadachim.

Manchete, 11/08/1956

Castigo

Quando abri os olhos, d. Margarida estava ali, parada, olhando para mim. Depois, botou as mãos na cintura, num gesto muito seu, e gritou:

— Vamos, menino, está na hora, entre. Você atrasado, como sempre.

Quis explicar que não havia onde entrar, que sua casa — o grupo escolar — não existia mais. Quis pedir-lhe para ir embora e quase levantei o dedo, como antigamente, para conseguir a devida permissão.

Antes, porém, que eu esboçasse qualquer reação, d. Margarida agarrou-me pelo braço, abriu o portão, atravessou o jardim e entramos na casa.

O fato de a casa voltar a existir não me impressionava tanto, muito pior era a presença de d. Margarida, a pressão de seus dedos no meu braço, sua voz estridente como sempre fora e não cavernosa e baixa, como assentaria melhor numa pessoa morta há mais de vinte anos.

Quando chegamos à sala de aulas, meus antigos colegas

calaram-se, em sinal de respeito à professora. Olhei em volta, olhei o rosto de um por um e não reconheci ninguém, salvo os gêmeos, incrivelmente parecidos e calados. O lugar vago entre os dois — lembrava-me bem — era o meu e para lá me dirigi, colocando os livros e a merenda sob a carteira; livros que não sei como vieram parar nas minhas mãos; a merenda que, fazia votos, não fosse o pão-com-goiabada que eu tanto abominava.

D. Margarida abriu um livro, anunciou o número da página e mandou que eu iniciasse a leitura. E eu, que me esforcei o máximo para não gaguejar, li como nos tempos em que era aluno de d. Margarida.

Agora era a aula de história. A professora queria saber o nome do presidente. Rápido levantei o dedo. Ela fingiu não perceber, mas como ninguém respondesse, foi obrigada a me interrogar:

— Getúlio Vargas! — disse bem alto, com ar de vitória.

Todos riram. Todos menos d. Margarida, que me olhou enfezada e falou:

— Onde foi que você ouviu isso, menino? Getúlio Vargas é ministro da Fazenda. O presidente é Washington Luís.

Que adiantava dizer a d. Margarida que o tempo passara, que ela e muitos daqueles meninos já tinham morrido, com exceção dos gêmeos, que cresceram sempre iguais e, de comum acordo, tinham se tornado mais feios e mais tristes?

Limitei-me a sorrir e a mestra, tomando-me por debochado, deu-me o castigo habitual naquele colégio, que era obrigar os meninos levados a sentarem-se ao lado das meninas.

— Vá sentar-se com a Deolinda — ordenou.

Virei-me para o lado e reconheci a antiga colega.

Lá estava ela, gordinha e rosada, a olhar para mim com seus olhinhos espantados, de jabuticaba.

— Não — implorei. — Com a Deolinda não, d. Margarida. A Deolinda está morta. Foi atropelada. A senhora não se lembra,

d. Margarida? Pois se fomos todos ao enterro. Levamos uma coroa e a senhora beijou a testa dela, antes de fecharem o caixão. Eu fiquei muito impressionado, não se lembra?

"Faltei à aula uma semana. Eu gostava muito da Deolinda. Se fui um menino levado, d. Margarida, foi justamente para que a senhora me mandasse sentar ao lado dela. Mas agora não. Agora ela morreu. Foi atropelada."

Deolinda começou a chorar baixinho e d. Margarida, ao vê-la assim, ficou como possessa:

— Veja o que você fez, seu idiota. Sempre com essa mania de inventar histórias. Veja só a maldade. Mas desta vez você não me escapa. Desta vez você sofrerá o castigo que merece. Nós vamos voltar para lá, está ouvindo? — e apontou para cima.

— Nós vamos voltar todos e só você vai ficar aqui e terá que viver o resto da vida inventando histórias até o dia da morte, quando poderá voltar ao grupo escolar.

E, pouco a pouco, todos foram desaparecendo. D. Margarida, Deolinda, os outros. Todos. Menos os gêmeos, que continuavam calados e tristes. E, quando não havia mais ninguém, os dois se levantaram e saíram sem dizer uma palavra.

Mas que importavam os gêmeos, eles sempre foram assim: neutros. Nem mortos, nem vivos. Desci as escadas, atravessei o jardim e vim cá pra fora.

Vim cumprir o castigo, vim inventar minhas histórias até o dia em que d. Margarida compreenda que cumpri minha obrigação.

Então sim, então poderei voltar feliz para o grupo escolar!

Tribuna da Imprensa, 16/12/1954

Que os anos não trazem mais

É o que lhes digo: Casimiro de Abreu não foi mais criança do que ninguém, nem ele nem Victor Hugo, com seu "*Ô souvenirs! printemps! aurore!*". A saudade que ele teve, da aurora de sua vida, de sua infância querida, que os anos não trazem mais, temos nós agora; nós, que — em grande maioria — poucas oportunidades tivemos de viver tardes fagueiras, à sombra das bananeiras, debaixo dos laranjais.

Um dia Giselinha também terá saudades dessa sua pobre vidinha, vivida neste inexpressivo cenário, o apartamento modesto que ela enche com seu "ingênuo folgar". Não é privilégio dos que correm pelas campinas, de camisa aberta ao peito, pés descalços, braços nus, isso de ter vivido uma infância querida que os anos não trazem mais. Quer tenha sido a do velho Casimiro, ou a nossa, que, pelo menos, tivemos um quintal para brincar, ou ainda sendo esta que Giselinha vive agora, a infância há de ficar para sempre na memória de todos, nítida e insuperável, muito acima de qualquer outra fase da vida.

É o que lhes digo e foi o que me provou Giselinha, surpreendendo-me com explicações, no justo momento em que, vendo-a a brincar no tapete da sala (que eu julgava fosse o limite de seu mundo), lamentava a sorte das crianças como ela, que correm do quarto para a sala, daí para a cozinha, de lá outra vez para o quarto ou para a sala novamente, enchendo de tédio os dias que o poeta chamou de "belos dias do despontar da existência".

Foi de repente que ela me perguntou se sabia que, por trás daquele morro que se vê através da varanda, fica a terra da sobremesa. Sim, a terra da sobremesa, onde tem árvore de *chocoleira* (chocoleira, senhores que a maioridade tornou ignorantes, é árvore de chocolate), ruas de doce e pardal de mentirinha porque é pardal de açúcar. "Lá não mora ninguém por causa de que não é bom comer doce antes porque assim ninguém almoça."

Desde já aviso a todos que — segundo Giselinha — lá pode ir também gente grande, mas com criança. Outrossim, é preciso esclarecer que a terra da sobremesa "é muito chata porque quando chove a gente fica molhada, porque lá não é de morar e sim de comer".

— E você gosta mais de morar neste apartamento do que na terra da sobremesa? — perguntei, já quase arrependido, por ter que ouvir suas queixas e nada poder fazer.

Mas Giselinha nem pestanejou. Morar no apartamento é bom porque é a casa da gente, que tem pai, tem mãe... Aliás, minto: ela primeiro disse mãe. Tem mãe, tem pai, tem irmã, tem gente que traz presente, tem boneca e tudo mais. Depois desfilou outras vantagens de morar no apartamento, com comovente sinceridade, e eu não chegarei ao exagero de dizer que ela tenha afirmado ser melhor morar no apartamento *porque se está mais perto do céu*. Isso é letra de samba e Giselinha não é sambista. Mas que ela insinuou esta bela imagem que seria tão do gosto de Casimiro de Abreu, lá isso insinuou. E foi quando disse que deitar no chão é bom porque se vê o céu.

Qual a criança — eu lhes pergunto — que, à roda das cachoeiras, atrás das asas ligeiras das borboletas azuis, haveria de se lembrar desse detalhe: deitar no chão para ver o céu?

É bom que seja assim. Isso nos amortece o remorso de ver o gramado verde da nossa infância trocado por um tapete nem sempre macio, ou a certeza de que nossos filhos nunca saberão subir em árvores, como nós subíamos, mas que, em compensação, têm muito mais prazer em pisar nas poltronas do que supõe a nossa vã filosofia.

É por isso que lhes digo: Casimiro de Abreu não foi mais criança do que ninguém. Giselinha, mesmo sem correr pelas campinas, sem as tardes fagueiras à sombra das bananeiras, também acha o céu sempre lindo, adormece sorrindo e desperta a cantar.

Manchete, 22/09/1956

Uma mulher que passou

Era uma mulher. Uma dessas mulheres de começo de verão, que passam num vestido justo, de cores vivas, sapato alto aberto em tiras e os cabelos soltos. Fiquei a admirar-lhe o passo despreocupado, o leve mexer dos quadris, em nada exagerado. Súbito me comoveu. Por que não sei. Mas há de ser sempre assim. Algumas mulheres nos surpreendem, muitas nos encantam e poucas — entre tantas — nos comovem.

De algumas mulheres ficam lembranças. Lembranças vagas, muitas vezes insuspeitadas e que não são necessariamente da mulher que mais amamos ou de outra por quem nos apaixonamos perdidamente — digamos — por uma semana. Nada existe de lógico nisso e muito menos de justo, porque ao homem não é dado nenhum poder sobre a memória, nem tampouco qualquer controle sobre suas sutilezas.

Assim estamos redimidos perante a própria consciência. Não somos culpados de que nada, particularmente, nos faça recordar aquela a quem dedicamos um carinho maior e do qual nos orgulhamos; enquanto que outra, para a qual fomos menos afetivos, ficou para sempre num perfume, num som ou numa paisagem.

Para aquela namorada — furiosamente namorada em Teresópolis — ficou um apito de trem. A manhã fria da serra, quando atravessei a pracinha rumo à estação, para uma despedida que sabia definitiva, poderia ter ficado para identificá-la na memória. Mas o que ficou foi o apito do trem, quando lentamente o comboio pôs-se em movimento e ela disfarçou as lágrimas com um sorriso triste. Sei disso porque — tantos anos depois! — estava passeando a cavalo pelos campos da fazenda quando um apito de trem me chamou a atenção. Vinha sozinho e alegre, todo voltado para a quietude e a beleza das paineiras, mas bastou que o trem apitasse lá longe, do outro lado do rio, para que no meu pensamento ela se fizesse tão nítida e tão fresca. Era como se ainda na véspera nós estivéssemos sentados juntos, na amurada da varanda, a dizer-nos coisas que depois não cumpriríamos. Foi aí que percebi: para sempre a sua lembrança estaria ligada ao apito distante de um trem. Onde quer que eu esteja, daqui a muitos anos, mesmo que ela já não exista mais, voltará a viver no meu pensamento, com a nitidez que o tempo não vencerá.

São coisas. E são inexplicáveis. Como a mulher que passou e súbito me comoveu. E a quem interessa uma resposta, quando lhe basta a sinceridade da emoção? Lá vai a moça balançando os cabelos cortados na altura da nuca, a cada passo. Vai inteiramente inocente dos sentimentos que provocou. Não teria nenhum sentido seguir ao seu lado e comunicar minha surpresa. Não teria sentido, nem seria correto. Ela não tem culpa nenhuma.

Penso que se eu pudesse ser sempre assim, ponderado nas atitudes, doíam menos em mim as pequenas lembranças de que falei. Tudo pesado e bem medido, pouca esperança havia de que dela não ficasse alguma coisa na memória, para doer muito tempo depois, quando já mais nada houvesse da emoção de hoje.

Foi bom que ela sumisse na esquina e eu a deixasse ir sem um gesto, uma tentativa de — pelo menos — fazer-lhe sentir o bem que me fez vê-la passar. Foi bom ou então eu estou ficando velho.

Manchete, 22/12/1956

O homem que se parecia com o presidente

Enquanto o outro — o verdadeiro — era apenas um deputado mineiro a flanar na capital, quase desconhecido, ninguém notou semelhança alguma. Depois, quando Minas elegeu seu sósia governador do estado e os jornais do Rio passaram a publicar, vez por outra, fotografias de solenidades oficiais no Palácio da Liberdade, a coisa começou.

Um dia, entrou num ônibus e, sem mais aquela, um camarada levantou-se e deu-lhe o lugar. Ficou sem entender por um instante. Depois, ante o espalhafato do que fizera a gentileza, todos começaram a olhá-lo e ele, que já de há muito se orgulhava da semelhança, percebeu que o confundiam.

"Gente idiota", pensou. "Então não veem logo que o governador de Minas não iria andar assim num Mauá-Brás de Pina sem mais nem menos?"

Mas ficara-lhe a impressão. Era de fato muito parecido: o nariz, a testa longa, aqueles olhos apertadinhos de quem olha no mormaço, o riso franco e aberto. O cabelo não. O cabelo do outro era cortado mais curto. E sentiu-se um pouco culpado naquela tarde, quando entrou numa barbearia e pediu que lhe aparassem mais prodigamente a cabeleira. Quando o barbeiro acabou a operação, tomou um susto, mas sorriu o sorriso do outro — que andara a estudar no banheiro — e deu uma gorjeta quase de governador.

No princípio chegou a temer a semelhança. Políticos — dizia-se — andam sempre protegidos contra inimigos e ele, de seu, tinha somente aquele canivete que usava na repartição para fazer ponta em lápis. Aos poucos, porém, foi se acostumando. Não era tão perigoso assim. Até pelo contrário, no caminho em que as coisas iam, tinha as suas vantagens. Foi da maneira mais fleumática possível que ouviu do garçom, num bar elegante de Copacabana, a notícia de que a gerência não só não cobrava a sua despesa como também se sentia muito honrada com a presença de sua excelência na casa.

Sua excelência era ele e isso requeria mudanças radicais nos seus hábitos. Deixou a repartição porque os colegas, numa jocosidade que classificara de imprópria, apelidaram-no de Juju. Ademais, nem ficava bem continuar naquele empreguinho no momento em que — os jornais é que afirmavam — cogitava-se a "sua" candidatura à presidência da República.

Se as coisas no setor político iam bem, o mesmo não acontecia no setor doméstico. Sem emprego, frequentando lugares condizentes com a posição do outro, talvez para ser confundido mais amiúde, usando roupas mais bem talhadas, gastando, enfim, como se fosse o outro e não ele próprio, desbastou as economias e passou a preocupar a família.

Conselhos pouco adiantavam e nem chegavam a irritá-lo. Respondia apenas que, se estivessem contra ele, que votassem no Ademar. E sorria o sorriso de campanha do outro, apertando os olhos, sob a testa larga. A família, como é natural, preocupava-se a cada notícia. O pai recriminara-o com severidade no dia em que se soube da sua passagem com certo deputado mineiro à porta do Jóquei. O parlamentar lamentara-se com ele de uma injustiça que sofrera dentro do partido, pedindo que intercedesse em seu favor:

— Vou dar um duro no Alkmin — respondeu, do alto de sua dignidade de candidato eleito.

Sim, porque já estava eleito. De nada adiantaram as ponderações da família, explicando que ele não estava eleito coisa nenhuma, que o candidato era o outro, que isso, que aquilo. A todo e qualquer argumento respondia sempre da mesma maneira: que estavam todos em casa servindo ao golpe.

Foi agora, no último dia 31, que a família resolveu tomar medidas drásticas, levando-o à força para uma casa de saúde especializada em doentes nervosos. Não havia outro jeito, depois do caso do fraque.

No dia 31 de janeiro, pela manhã, bateram na porta. A empregada abriu e o entregador da alfaiataria passou-lhe um embrulho pedindo recibo. Abriu-se o embrulho e era um fraque. Pressurosos, os de casa explicaram ao entregador que devia ser engano, ali ninguém usava fraque. Nesse justo momento, porém, ele desceu as escadas gritando que não era engano coisa nenhuma, que o fraque era dele. E como perguntassem pra que diabo queria um fraque, respondeu com desdém:

— Para a minha posse logo mais, é claro!

Manchete, 18/02/1956

Uma carta

Achei-a dentro de um livro que não abria há muito tempo. Lembro-me perfeitamente por que estava ali. Foi um livro que li aos arrancos — duas páginas hoje, quatro amanhã, uma, somente, depois — de tão desinteressante que era; e a carta servira para marcar o lugar onde eu parava a leitura.

De ordinário não guardo cartas, nem fotografias, para evitar a melancolia das recordações. Que não há nada mais melancólico do que retrato antigo, quando éramos mais lépidos em nossos movimentos, fulana mais bela de quadris, este tinha mais cabelo e aquele os seus dentes. Cartas também costumam ter esse poder de nos tornar melancólicos, principalmente quando escritas por namoradas. E a moça que subscritava esta, senhores, não era outra coisa do vosso cronista.

Mas o envelope estava ali e não havia como fugir. O jeito era mesmo abri-lo para lembrar o que ela mandara dizer, tantos anos antes.

Começava, é claro, pela data e entrava logo no clássico pedido de desculpas por não ter escrito antes. O motivo alegado era a dificuldade em conseguir hotel, o que, felizmente, já não era problema porque estava "num bem bonzinho e muito central".

Explicava, depois, o trabalho que estava tendo para comprar todas as encomendas — não minhas, mas dos parentes — que eram muitas e iriam "enguiçar" na Alfândega. Passava a uma rápida descrição de Nova York "com edifícios que até dão medo"; dizia que a viagem tinha sido razoável e que quase esquecera o passaporte e o batom no aeroporto de Port of Spain.

Parei a leitura e fiquei alguns segundos recordando o dia em que ela partira. Fazia um calor danado e nós tomamos uma cerveja mal gelada, antes do alto-falante berrar o seu nome.

Na outra página ela ainda contava coisas da cidade imensa, antes de entrar no nosso caso. Aí então explicava o verdadeiro motivo daquela viagem e frisava que, por carta, era mais fácil contar-me a sua decisão. Não pensasse, porém, que não meditara muito, antes de escrever. Diversas vezes chegara a desistir, mas agora, ouvindo a voz da razão, vinha expor-me tudo, "porque era preciso acabar com aquilo". E não só com aquilo — ficava eu sabendo pelas linhas consequentes — mas com "tudo".

Se há cinco anos aquela decisão chegara a me impressionar, o mesmo não acontecia agora. Nem mesmo aquele "seja feliz e adeus", com que ela terminava a carta, produziu o efeito que era justo esperar-se.

Limitei-me a amarrotar o papel e jogá-lo na cesta. E se os leitores pensam que sou um homem frio aos amores passados, estão redondamente enganados. É que esta história termina muito bem, como nos filmes americanos, pois casei-me com a moça da carta, já vai pra algum tempo.

Manchete, 06/02/1954

Nota sobre a datação dos textos

Sérgio Porto colaborava ou mesmo tinha coluna fixa em diversas publicações. Em alguns casos, trazia novamente a lume — com algumas modificações no título ou mesmo no texto — uma crônica aparecida originalmente alguns anos antes em algum jornal ou revista. Optou-se, aqui, em fornecer a data e o nome da última publicação de cada texto.

Apenas três crônicas não tiveram sua fonte original localizada.

ARQUIVINHO

Nota à primeira edição de O *homem ao lado**

Este livro é um amontoado de crônicas que escolhi, dentre as muitas que escrevi entre os anos de 1950 e 1956.

Algumas são de *Manchete*, as mais antigas do *Diário Carioca*, outras apareceram na *Tribuna da Imprensa*, todas, portanto, já foram publicadas anteriormente.

Se são as melhores, sinceramente, não sei. Sei — isto sim — que são as que mais me agradaram, dentre as muitas que andei relendo para selecionar.

O leitor que me desculpe, caso discorde desta seleção de crônicas que, de resto, nunca esperei ver um dia republicadas em livro.

S. P.

---

* Nota do autor à edição de 1958.

Nota à primeira edição de A *casa demolida**

Este livro é, ao mesmo tempo, uma continuação, uma variação e uma nova edição de O *homem ao lado*, o primeiro e único livro de crônicas que publiquei com meu verdadeiro nome. Explico: uma continuação porque nestas páginas o leitor encontrará várias crônicas que deixei de publicar na edição de O *homem ao lado*; uma variação porque as crônicas comuns aos dois livros foram — quase todas — revistas, reduzidas umas, ampliadas outras; e nova edição porque talvez quarenta por cento das crônicas de A *casa demolida* figuraram nas páginas de O *homem ao lado*.

A época em que foram escritas é comum aos dois livros, isto é, entre os anos de 1952 e 1955, salvo uma ou outra de tempo mais recente que achei por bem incluir nesta nova coletânea. Enumerar os jornais e revistas onde foram publicadas seria fastidioso, tantos e tais foram os jornais e revistas nos quais colaborei.

1963

* Nota do autor à edição de 1963.

As dores ladravam, e Sérgio Porto passava

Ele foi meu amigo e meu irmão durante vinte anos: vivemos juntos, bebemos juntos e amamos juntos.
Meu amigo? Era mais que isso. Meu irmão? A expressão carinhosa e intensa foi gasta, a meus olhos e ouvidos, por milhões de nhe-nhe-nhens pseudoliterários que vejo a toda a hora na imprensa e ao vivo, enquanto as mesmas pessoas que se chamam de irmãs se comem por trás. Mas que fazer com as palavras? Sérgio Porto foi meu amigo e meu irmão durante vinte anos, os melhores.
Vivemos juntos, bebemos juntos, amamos juntos, fomos à praia juntos (somos desses boêmios cariocas capazes de sair do bar às três da manhã, estar na praia às oito, na máquina de escrever às dez) e de uma certa forma moramos juntos. Éramos jovens, e nem posso dizer que não sabíamos. Tínhamos a consciência e a euforia correspondentes. Eu, talvez, mais consciência, ele certamente, mais euforia. Porque nas areias fofas de Copacabana ou nas dunas ondulantes de Ipanema, as dores ladravam, e Sérgio Porto passava. Eu brincava, sempre que ele me contava um caso de envolvimento pessoal que abalaria qualquer tronco de ipê:

"Se eu tivesse quinze por cento do teu cinismo, seria um homem imensamente feliz". Ele ria, saudável, e continuava recortando, no violento sol da praia, pedaços dos jornais que lia sem parar, aproveitando o tempo. Pois era, como quase todos os humoristas brasileiros, um trabalhador braçal. Sua extraordinária competência ele adquiriu cavoucando uma datilografia dez horas por dia, dezesseis anos seguidos.

Quando eu o conheci, já era alto e louro, numa época do Brasil em que os altos eram poucos, e os louros, importados. Forte e esportivo, jogava bem vôlei e tinha um pé arrebentado pelo futebol. Não gostava de briga, o que aliás era desnecessário — Fifuca, o irmão, brigava pelos dois. Ia levando, amando e contando histórias. Tinha uma cultura surpreendente para a sua aparente leveza intelectual, e os textos que assinava eram não só extraordinariamente bem escritos, com humor, mas também tecnicamente, seu conhecimento formal da língua era bom, sua ortografia, precisa, até a datilografia era cuidada.

De vez em quando, porém, a vida o solicitava demais, e ele não tinha dúvida: mandava à merda a técnica, o cuidado, às vezes até a originalidade, porque o dia só tem vinte e quatro horas, e a vida, como ficou provado, apenas quarenta e quatro anos. Pois era sobretudo um existencial. Durante muitos anos as vicissitudes fizeram dele um bancário (BB), ele que tinha o físico e o temperamento de um playboy. Depois, já famoso como humorista, largou o banco, mas até morrer foi obrigado a muitas horas de trabalho fechado e duro, que o uísque de nossas noites é ganho com o suor de nossos dias e, no caso de Sérgio, extremamente responsável nas obrigações domésticas e sociais, só podia ser pago com um *surplus* terrível de esforço. Mas foram essas vicissitudes que fizeram dele um escritor.

Por muito tempo foi apenas um gozador incansável de tudo e de todo mundo. Me dava a impressão de que transformava a possível indignação social em humor escrito e falado e tocava o bonde (havia bondes!) sem se deixar abater. Até o dia, me lembro nitidamente o dia, em que, abrindo uma porta, dobrando uma esquina, saltando de um carro, atravessando uma rua, entrando num bar (que importa a forma?), a vida lhe deu aquele golpe baixo que nos está reservado a todos e a cada um: primeiro foi um *jab* no queixo, depois um pontapé no rosto, enfim o golpe final, inviável, e inacreditável: só a pode entender, por transferência, quem já passou por ela. Sérgio não perdeu a aparência tranquila, nem física, nem psicológica. Até o fim continuou o mesmo homem bonito, o mesmo rei do papo e da gozação. Mas tinha descoberto o outro lado da condição humana e, em certas madrugadas solitárias, se via a cicatriz.

Eu estava ainda deitado, mas já acordado, às nove horas da manhã, quando vieram me avisar que ele tinha morrido. Sem querer, dei um grito.

Millôr Fernandes
O Pasquim, outubro de 1970

Meu amigo Sérgio Porto*

No Brasil, depois dos sensacionais bilhetinhos, Jânio Quadros cria a confusão com a renúncia. A Copa do Mundo, que Mané Garrincha trouxe do Chile, não pode servir de antídoto contra o esfarelamento do valor do dinheiro. Os militares fazem uma revolução e pouco depois o impossível acontecia: Lacerda e Goulart tentavam uma "frente ampla".

Combates no Oriente Médio, agitações estudantis em todo o mundo, violências policiais, terrorismo, fome.

Foi nessa cultura que floriu o humorismo de Stanislaw Ponte Preta. Ele morreu na primeira hora de 30 de setembro de 1968, no mesmo ano em que eram assassinados Robert Kennedy e Martin Luther King. Ao sentir-se mal, disse para a empregada: "Estou apagando. Vira o rosto pra lá que eu não quero ver mulher chorando perto de mim".

* Publicado em *O mais estranho dos países* (São Paulo: Companhia das Letras, 2013).

Por que do estrume mortal daquela época deu flor a graça de Sérgio Porto? Possivelmente porque nos perigos históricos mais brutais é que a frivolidade humana mais se assanha, chocando-se sofrimento e besteira. A champanhota do café-soçaite fazia um contraste grotesco com os esqueletos de Biafra; a efervescência erótica tornava mais patética a carne humana incendiada no Vietnã; a arregimentação de milhões de chineses tornava mais ridículos os traseiros que se retorciam no prazer solitário do twist; a minissaia era mais discutida que Marcuse; os desabamentos das encostas do Rio eram esquecidos com a primeira onda musical apalhaçada.

O forte de Stanislaw Ponte Preta era justamente extrair humorismo dos fatos, das notícias da imprensa. Leitores enviavam-lhe recortes de jornais, colaborando mais ou menos com a metade das histórias contadas no *Festival de besteiras que assola o país*. Pouco antes de morrer ele lançava um jornalzinho humorístico, chamado A *Carapuça*: era ele mais uma vez à procura de piadas concretas.

O nome todo era Sérgio Marcos Rangel Porto. Nasceu numa casa de Copacabana, na rua Leopoldo Miguez, e lá continuou morando depois que a casa foi substituída por um edifício. Menino de peladas na praia, pegava no gol e tinha o apelido de Bolão. Por chutar bola dentro da sala de aula, foi expulso do Colégio Mallet Soares, onde fez o primário. Mais taludo, sempre no gol, foi várias vezes campeão da areia, ao lado de Heleno de Freitas, o craque, Sandro Moreira, João Saldanha, três botafoguenses de temperamento. Mas Sérgio sempre foi do Fluminense, onde jogou basquete e voleibol. Nos últimos anos praticamente só comparecia ao Maracanã nos jogos do tricolor. Só durante os noventa minutos do jogo do seu time (ou do selecionado brasileiro) ele perdia totalmente a graça, de rosto afogueado e unha do indicador entre os dentes.

O estudante de arquitetura não passou do terceiro ano, depois do ginásio no Ottati e pré-vestibular no Juruena. Entrou para o Banco do Brasil e começou a beliscar no jornalismo, escrevendo crítica de cinema no *Jornal do Povo*, onde ficava de ouvido atento às piadas do barão de Itararé.

Eu o conheci muito mais bancário do que jornalista, quando ele escrevia crônicas sobre jazz na revista *Sombra*, um mensário grã-fino no qual Lúcio Rangel fazia milagres para injetar inteligência.

Era no tempo da gravata, dos sapatos lustrosos, dos cabelos bem aparados. Sérgio era impecável na sua aparência, e só os íntimos o conheciam por dentro, e o por dentro dele era bem simples: uma ágil comicidade de raciocínio e uma pronta sensibilidade diante de todas as coisas que merecem o desgaste do afeto. Anos mais tarde, ele me diria, queixoso: "O diabo é que pensam que eu sou um cínico e ninguém acredita que eu sou um sentimentalão".

Éramos um bando de pedestres, forçados a ficar na cidade sem condução depois do trabalho. Sentávamos praça num bar da Esplanada do Castelo até que o uísque do mesmo de honesto passava a duvidoso e de duvidoso passava a intolerável. Mudávamos de bar. Foi assim que percorremos o Pardellas, o Grande Ponto, o Vilariño, o Serrador e o Juca's Bar. Com o primeiro desafogo do transporte, ainda podíamos chegar, depois de uma passada pelo Recreio velho, aos bares mais cômodos de Copacabana, o Maxim's, o Michel, o Farolito. Ninguém pensava em apartamento próprio, e as noites acabavam no Vogue, onde as moças e as jovens senhoras eram lindíssimas, limpíssimas e alienadíssimas.

Esse roteiro foi cursado praticamente por toda uma geração conhecida: Lúcio Rangel, Ari Barroso, Antônio Maria, Araci de Almeida, Sílvio Caldas, Dolores Duran, José Lins do Rego,

Rubem Braga, Rosário Fusco, Simeão Leal, João Condé, Vinicius de Moraes, Flávio de Aquino, Santa Rosa, Augusto Rodrigues, Di Cavalcanti...

Não se falava de arte ou de literatura, mas de música popular, principalmente do jazz negro de New Orleans. Jelly Roll Morton, Bechet e Armstrong exprimiam tudo o que desejávamos. As prodigiosas memórias de Sérgio e Lúcio nos forneciam todos os subsídios históricos de que precisássemos, pois a turma cantava mais do que falava.

Uma vez Vinicius de Moraes chegou depois de longa temporada diplomática nos Estados Unidos. Havia batido um longo papo com Louis Armstrong. No bar Michel, nas primeiras horas da noite, ainda portanto com pouco combustível na cuca, a ilustre orquestra não demorou a formar-se. Instrumentos invisíveis foram sendo distribuídos entre Sérgio, Vinicius, Fernando Sabino, José Sanz, Lúcio Rangel, Sílvio Túlio Cardoso. Eram o saxofone, o piano, o contrabaixo, o trompete, o trombone, a bateria.

Não me deram nada e tive que ficar de espectador. Mas valeu a pena. A orquestra tocou por mais de duas horas, alheada das mulheres bonitas que entravam e até esquecida de renovar os copos. A certa altura Sérgio pediu a Vinicius que trocassem de instrumentos, ele queria o piano, ficasse o poeta com o saxofone. Feito. Só que os dois, compenetrados e desligados, trocaram de lugar efetivamente, como se diante da cadeira de Vinicius estivessem de fato as teclas de um piano. Foi a jam session mais surrealista da história do jazz.

O humorista começou a surgir no *Comício*, um semanário boêmio e descontraído, onde também apareceram as primeiras crônicas de Antônio Maria. Mas foi no *Diário Carioca*, também boêmio e impagável, que nasceu Stanislaw Ponte Preta, que tem raízes no Serafim Ponte Grande, de Oswald Andrade, e em sugestões de Lúcio Rangel e do pintor Santa Rosa. Convidado por Haroldo Barbosa, precisando melhorar o orçamento, Sérgio foi fazer graça no rádio, depois de passar um mês a aprender na cozinha dos programas humorísticos da rádio Mayrink Veiga. Em 1955 Stanislaw Ponte Preta está na *Última Hora*, onde criou suas personagens e ficou famoso de um mês para o outro. Ali instituiu, contracenando com as elegantes mais bem vestidas de Jacinto de Thormes, as dez mais bem despidas do ano. Eram as *certinhas* da *fototeca Lalau*. Teve a ideia quando ouviu de seu pai na rua este comentário: "Olhe ali que moça mais certa!". E quem conhece Américo Porto sabe que um certo tempero do humorismo do filho sempre existiu nas observações espontâneas do pai.

Foi numa prima de sua mãe que ele buscou os primeiros traços de sua mais célebre personagem, a macróbia e sapiente Tia Zulmira, sempre a dizer coisas engraçadas. Sérgio uma vez morreu de rir ao ouvir daquela sua parenta este comentário: "Por uma perereca o mangue não põe luto".

Tia Zulmira é uma dessas criaturas que acontecem: saiu de Vila Isabel, onde nasceu, por não achar nada bonito o monumento a Noel Rosa. Passou anos e anos em Paris, dividindo quase o seu tempo entre o Follies Bergère, onde era vedete, e a Sorbonne, onde era um crânio. Casou-se várias vezes, deslumbrou a Europa, foi correspondente do *Times* na Jamaica, colaborou com madame Curie, brigou nos áureos tempos com Darwin, por causa de um macaco, ensinou dança a Nijinski, relatividade a Einstein, psicanálise a Freud, automobilismo ao argentino Fangio, tourear a Domínguín, cinema a Chaplin, e deu algumas dicas para o dr. Salk. Vivia, já velha mas sempre sapiente, num casarão da Boca do Mato, fazendo pastéis que um sobrinho vendia na estação do Méier. Não tinha papas na língua e, entre muitas outras coisas, detestava mulher gorda em garupa de lambreta.

Primo Altamirando também ficou logo famoso em todo o Brasil. O nefando nasceu num ano tão diferente que nele o São Cristóvão foi campeão carioca (1926). Ainda de fraldas praticou todas as maldades que as crianças costumam fazer dos dez aos quinze anos, como, por exemplo, botar o canarinho-belga no liquidificador. Foi expulso da escola primária ao ser apanhado falando muito mal de são Francisco de Assis. Pioneiro de plantação de maconha do Rio. Vivendo do dinheiro de algumas velhotas, inimigo de todos os códigos, considerava-se um homem realizado. E, ao saber de pesquisas no campo da fecundação em laboratório, dizia: "Por mais eficaz que seja o método novo de fazer criança, a turma jamais abandonará o antigo".

Raras vezes Stanislaw deixava a sátira dos fatos e partia para uma caricatura coletiva:

> O negócio aconteceu num café. Tinha uma porção de sujeitos sentados nesse café. Havia brasileiros, portugueses, franceses, argelinos, alemães, o diabo.
>
> De repente, um alemão, forte pra cachorro, levantou e gritou que não havia homem pra ele ali dentro. Houve a surpresa inicial, motivada pela provocação, e logo um turco, tão forte como o alemão, levantou-se de lá e perguntou: "Isso é comigo?". "Pode ser com você também", respondeu o alemão.
>
> Aí então o turco avançou para o alemão e levou uma traulitada tão segura que caiu no chão. Vai daí o alemão repetiu que não havia homem ali dentro pra ele. Queimou-se então o português, que era maior que o turco. Queimou-se e não conversou. Partiu pra cima do alemão e não teve outra sorte. Levou um murro debaixo dos queixos e caiu sem sentidos.
>
> O alemão limpou as mãos, deu mais um gole no chope e fez ver aos presentes que o que dizia era certo. Não havia homem para ele ali naquele café. Levantou-se também um inglês tron-

cudo pra cachorro e também entrou bem. E depois do inglês foi a vez de um francês, depois um norueguês etc. etc. Até que, lá do canto do café, levantou-se um brasileiro magrinho, cheio de picardia para perguntar, como os outros: "Isso é comigo?".

O alemão voltou a dizer que podia ser. Então o brasileiro deu um sorriso cheio de bossa e veio gingando assim pro lado do alemão. Parou perto, balançou o corpo e... PIMBA! O alemão deu-lhe uma pancada na cabeça com tanta força que quase desmonta o brasileiro.

Como, minha senhora? Qual é o final da história? Pois a história termina aí, madama. Termina aí que é pros brasileiros perderem essa mania de pisar macio e pensar que são mais malandros do que os outros.

De que morreu Sérgio Porto? Todos os seus amigos dizem a mesma coisa: do coração e do trabalho.

Era um monstro para trabalhar esse homem de trânsito livre entre todas as coisas gratuitas da vida e que poucos meses antes de morrer gemia de pesar ao ter de deixar um quarto de hotel: gostaria de ficar descansando pelo menos um mês.

Lembro-me dele quando chegamos a Buenos Aires, em 1959, no dia do jogo dramático entre o Brasil e o Uruguai (aquele 3 a 1, que teve briga durante e depois). Vi Sérgio em várias atitudes diferentes naquele mesmo dia: fazendo uma piada para o médico argentino que lhe pediu o atestado de vacina (ele apertou a mão do doutor, muito sério, dizendo: "*Vacunación para usted también*"); durante o jogo ele deu um empurrão nos peitos dum argentino que chamava os brasileiros de covardes (por causa do jogador Chinesinho, que saiu correndo na hora do pau); chorou quando Paulo Valentim fez o terceiro gol; riu-se às gargalhadas quando Garrincha passou indiferente entre os uruguaios furiosos e entrou no ônibus com um sanduíche enorme na boca e outro na mão; conversou longamente comigo sobre suas aflições sentimentais; e ceou com grande entusiasmo.

Paulo Mendes Campos
Manchete, 30/11/1974

ESTA OBRA FOI COMPOSTA POR OSMANE GARCIA FILHO EM ELECTRA E
IMPRESSA PELA RR DONNELLEY EM OFSETE SOBRE PAPEL PÓLEN SOFT
DA SUZANO PAPEL E CELULOSE PARA A EDITORA SCHWARCZ
EM AGOSTO DE 2014